FOLIO POLICIER

Didier Daeninckx

Le géant inachevé

Gallimard

Didier Daeninckx est né en 1949 à Saint-Denis. De 1966 à 1975, il travaille comme imprimeur, animateur culturel, puis journaliste dans plusieurs publications. Depuis, il a écrit une vingtaine d'ouvrages – dont *Métropolice*, *Zapping* ou *Mort au premier tour* – qui sont tous des chefs-d'œuvre.

Pour M.L.F. et D.F.R.

CHAPITRE PREMIER

« *Il ne suffit pas d'être belle pour qu'un homme s'attache à vous.* »

Où avait-il entendu ces mots pour la première fois, avant que cette femme repose brutalement son verre vide sur le comptoir et ne leur donne le poids de l'irrémédiable.

Elle ne semblait pas très âgée, trente-cinq ans peut-être, et il l'avait déjà remarquée, accoudée à d'autres bars, plus ou moins ivre. Personne ne faisait attention à elle ni n'écoutait ces sortes de sermons qu'elle concluait invariablement du choc de son bock sur le zinc et d'un proverbe, chaque fois différent, lancé à haute voix aux consommateurs. Puis elle payait et regagnait la porte d'un pas incertain, s'arrêtait sur le seuil. Elle se retournait alors et prenait à partie le client situé au plus près.

— *Wat zegt gy nu*[1] ?

Chacun baissait les yeux sur son verre, ses mains, ses chaussures pour fuir la question. Elle disparaissait en riant et, dans la rue, se mettait à chanter en flamand.

C'était l'un des premiers jours de printemps et il avait choisi de s'installer contre la vitre afin de sentir

1. « Qu'est-ce que vous en dites, hein ? »

la chaleur des rayons de soleil, sans penser un instant qu'il risquait ainsi d'être interpellé par la clocharde.

Il soutint le regard fixe de la femme et dit doucement.

— Vous avez raison.

Mais à peine eut-il prononcé cette phrase qu'il fut pris de panique à l'idée de la voir s'asseoir à sa table. Il se leva et se dirigea à la hâte vers les toilettes.

Lorsqu'il se décida à en sortir, cinq minutes plus tard, elle avait disparu. Il saisit le ticket de caisse glissé sous la barquette de frites et posa une pièce de cinq francs près du rond en carton imprimé au nom des bières « Motte-Cordonnier ».

Des manèges et des baraques foraines occupaient la grande place rectangulaire et la mairie avait fait disposer toute une série de barrières métalliques pour canaliser la circulation automobile. Il dut longer ce couloir provisoire avant de trouver une chicane lui permettant de traverser. La majeure partie des stands était encore fermée et seuls fonctionnaient un tir à la carabine et une piste d'autos tamponneuses. Une sono essoufflée diffusait un vieux succès de Claude François et les voitures miniatures s'écrasaient les unes contre les autres éclairées par les flashes colorés d'une rampe stroboscopique qui clignotait au rythme de la musique.

Et quand le matin, je vois le soleil, le matin,
Aussitôt j'oublie mes angoisses de la nuit...

Quelques lycéens observaient la scène, appuyés à la rambarde. Un groupe de jeunes filles déboucha de la rue d'Hondeghem et vint se joindre à eux. Les établissements du quartier du « Nouveau Monde » libéraient toujours leurs élèves un quart d'heure après ceux du centre ville.

Depuis trois jours qu'il traînait à Hazebrouck il

était parvenu à comprendre, sans même qu'on le lui dise, les hiérarchies de ce chef-lieu de canton qui voulait se hisser au rang de capitale régionale.

L'hôtel de ville, imposant et ridicule, barrant tout un côté de la place, symbolisait à lui seul les rêves de grandeur des bourgeois des Flandres françaises. On s'attendait à voir un de ces beffrois dentelés, à la brique vieillie et on tombait sur un temple grec blanchi, rescapé de la vague néo-antique du Premier Empire napoléonien.

Et tout autour se serraient les rues du Clocher, de la Chapelle, de l'Eglise ou le boulevard de l'Abbé-Lemire, parsemés d'institutions aux titres évocateurs comme l'Ecole Ménagère des Jeunes Filles ou l'Institut Médico-Pédagogique des Papillons Blancs.

Au nord de la ville, de l'autre côté de la ligne de chemin de fer Lille-Dunkerque, le « Nouveau Monde » et ses lotissements ouvriers, la Cité des Cheminots ; il ne s'y était aventuré que le jour de son arrivée, le lundi, à la recherche d'un hôtel. Il croisa les yeux du patron du manège et crut y lire une interrogation inquiète. A dix reprises il était passé dans cette allée sans s'arrêter avant de se décider pour un nouveau café. On s'attendait peut-être à le voir aborder une adolescente ou faire Dieu sait quoi !

La campagne électorale pour le renouvellement de la municipalité venait de prendre fin et des affiches collées en nombre sur les panneaux lui revinrent en mémoire. « Français, défendons notre peau. » « Rapatrions les immigrés. »

Le sifflement d'une locomotive couvrit la voix de Claude François. Trois coups aigus, très brefs. Il se sentit soudain mal à l'aise, incapable de supporter le regard des autres et il se mit, instantanément à détester cette ville et tous ceux qui la peuplaient.

Il se dirigea vers les colonnes du temple grec et traversa l'allée piétonne. Il se retrouva bientôt sur une petite place bordée d'immeubles austères et pénétra dans une maison d'angle. Sur le fronton cimenté on avait gravé profond, ainsi qu'il est habituel dans le Nord, le nom de l'établissement. « A Gambrinus. 1899. Hôtel. » Ici on était demeuré fidèle à la raison sociale d'origine mais il avait eu l'occasion de remarquer au cours de ses promenades sans but, une enseigne de boucherie surmontant un commerce de fleurs et une graineterie reconvertie dans le bandage herniaire.

La patronne, une femme d'intérieur assortie harmonieusement au papier peint qui décorait les murs, l'interpella sans quitter le bar.

— Vous gardez la chambre ?

Les clients se retournèrent pour l'observer et il hocha la tête, de haut en bas, puis il grimpa l'escalier sans reprendre son souffle. La chambre numéro dix était située au deuxième étage, un ancien grenier aménagé. Il disposait d'un lavabo, près du lit et d'une armoire en toile plastique tendue sur une armature de fer. Le cabinet de toilette desservant le palier était condamné et il n'osait pas descendre prendre sa douche au premier. Il se contenta de s'asperger le visage à l'eau froide et de se brosser les dents.

Le journal régional était posé sur l'édredon. « *L'Informateur de la Vallée de la Lys* » titrait sur les festivités de la mi-carême : défilés, carnaval, bals. Il s'allongea sur le lit sans prendre le soin d'enlever ses chaussures et se mit à parcourir les articles, un à un, dans le but évident de passer le temps. Le carillon de l'hôtel de ville sonna dix-neuf heures alors que ses yeux relisaient mécaniquement la même annonce imprimée en gras au milieu de la page centrale.

ELEVEURS DE PORCS !

Pour la deuxième année consécutive, le groupement SYPRONORD obtient un vif succès au CONCOURS DE CARCASSES de PARIS. Pour tous renseignements sur la souche COTSWOLD « UCELIA-VIRRIS » :

CONTACTEZ-NOUS !

Il lui était impossible de se concentrer sur autre chose. Le sens des articles semblait lui échapper et il occupa la dernière demi-heure qui le séparait du dîner à détailler les centaines d'annonces rassemblées en fin de journal, particulièrement la rubrique matrimoniale et le carnet. Les textes nécrologiques le fascinaient ; il ne pouvait s'empêcher de calculer le nombre d'années qui lui restaient à vivre, par rapport à la personne dont on annonçait la mort.

« Décès survenu dans sa soixante-dix-huitième année de Madame Yvonne Yden... »

Encore quarante-quatre ans à vivre ! L'éternité ! Immanquablement il tombait sur la « disparition après une cruelle maladie de monsieur Georges Hautmont, trente-neuf ans... » et les cinq ridicules années qui le séparaient de l'issue fatale, quelquefois moins.

Qu'avait-il fait qui vaille la peine de s'en souvenir au cours de ces cinq dernières années ? La réponse tenait en quatre lettres, RIEN. La grisaille, un parcours sans difficulté majeure, sans joies exceptionnelles, une longue agonie.

Seuls ces trois jours d'attente à Hazebrouck promettaient de rendre la vie supportable. En tout cas, la réponse ne tarderait plus maintenant.

Il se leva, remit sa veste et saisit le trousseau de clefs. Les six autres pensionnaires étaient déjà installés à leurs tables respectives : deux hommes aux allures de voyageurs de commerce pareils à tous ceux que l'on rencontre dans les hôtels de deuxième catégorie, économisant sur leurs indemnités de déplacement, un couple silencieux et leur enfant sage. La sixième personne déjeunait et dînait face à lui mais ne louait pas de chambre. Elle s'était présentée le premier soir en lui montrant un petit magasin de mercerie, de l'autre côté de la place.

— Je m'appelle madame Baems, je suis la patronne de la boutique, là-bas. Je viens manger ici tous les jours, je suis seule, vous comprenez... Vous restez longtemps ? Pour affaires ?

Il répondit vaguement.

— Une semaine ; peut-être moins. Quelques jours de vacances.

Malgré le peu d'enthousiasme manifesté par son interlocuteur, elle relança la conversation.

— Vous venez pour le carnaval ?

Il déplia sa serviette et la disposa sur son pantalon avant de répondre.

— Pas spécialement.

Elle n'avait pas insisté et se bornait depuis à le saluer lorsqu'il s'asseyait devant son assiette.

Le défilé de chars devait avoir lieu le dimanche suivant et clore la quinzaine de la mi-carême. Chaque quartier, chaque association était à l'initiative. Les murs de la salle du restaurant annonçaient le « Couscous monstre » des Anciens d'Afrique du Nord, le « Concours de Masques » patronné par le Conseil Municipal, le « Concert gratuit » offert par l'Amicale des Accordéonistes Aveugles.

Il commanda un plat de moules, en entrée, du hachis parmentier et de la bière. Il profita de l'attente pour passer un coup de téléphone. Il n'avait pas eu besoin de noter le numéro : le même nombre répété deux fois dont l'addition donnait le troisième... La ligne était vraisemblablement occupée car il composa l'indicatif à plusieurs reprises avant de joindre son correspondant. Il parlait, la main courbée autour de la bouche quand un groupe de musiciens entra dans le bar.

— Salut la compagnie. On n'a pas l'air de s'amuser ici ! Allez, des sourires, Carnaval n'est pas encore mort... il sera temps d'être triste lundi prochain.

Il avait déjà eu l'occasion de les rencontrer et de les entendre. L'orchestre tournait dans les rues d'Hazebrouck à partir de six heures du soir, s'arrêtant pratiquement entre chaque chanson dans les cafés et les estaminets qui jalonnaient le parcours. Ils buvaient gratuitement en échange de quelques couplets repris en chœur par les habitués. Le chanteur, un gaillard au visage rouge noyé dans la barbe demanda le silence.

— En l'honneur du grand Raoul, je veux parler, bien sûr du grand Raoul de Godewaersvelde, une chanson qui vaut bien toutes les Marseillaises du monde...

L'accordéon égrena les premières notes, accompagné par les clients qui se mirent à fredonner d'instinct. La voix grave et roulante démarra au même instant que la guitare et la trompette.

Quand la mer monte... j'ai honte, j'ai honte,
Quand elle descend, je l'attends.
A marée basse, elle est partie... hélas,
A marée haute avec un au... autre.

Le bruit était tel qu'il raccrocha l'appareil en promettant de rappeler dès que le calme serait revenu. La serveuse apporta son plat et il vida les moules en utilisant les deux faces d'un des coquillages, à la manière d'une pince.

Après « La mer », l'orchestre attaqua la « Danse des canards » ; sa voisine ne put s'empêcher de se trémousser sur sa chaise et de battre des coudes en mesure. Enfin les musiciens se levèrent sous les applaudissements et finirent leurs chopes debout. Cette fois son correspondant répondit au premier appel.

— Nous pouvons parler, ils sont partis. Vous avez son adresse ? C'est bien ça ?

Il se boucha l'oreille gauche avec la paume de sa main pour mieux entendre.

— Attendez quelques instants, je prends de quoi écrire.

Il posa le combiné sur la tablette de bois destinée à recevoir les bottins et griffonna un nom et le numéro d'une rue sur un petit carnet rouge : Laurence Cappel, 3, rue Sans-Nom.

— Vous êtes sûr que ce n'est pas une blague... un nom pareil !

L'autre dut le rassurer car il referma son calepin en hochant la tête.

— D'accord, d'accord, j'y vais à neuf heures tapantes. Non, n'ayez pas peur, il ne peut rien arriver. Vous êtes certain que je ne vous dois rien ?

Une lueur d'inquiétude anima son regard en attendant la réponse, mais elle disparut aussitôt.

— Bon, si vous le dites. Au revoir et merci.

Il regagna sa place et mangea la moitié de sa part de hachis. La pendule marquait vingt heures quinze. A chacun des mouvements de l'aiguille son estomac se serrait un peu plus. Quinze années qu'il espérait ce moment ; presque la moitié de sa vie ! Dans moins d'une heure tout serait dit.

Il prit un café au bar et fut à deux doigts de demander au patron de lui indiquer comment se rendre à la rue Sans-Nom. Il se retint à temps. Personne n'avait à connaître les raisons de sa présence ici, ni le but de ses recherches. Il se souvenait d'un plan indicateur près de l'église Saint-Eloi, sur la route de Béthune. Il sortit. L'hôtel fermait à onze heures, ce qui lui laissait deux bonnes heures de battement... à moins qu'il n'ait pas besoin de revenir y passer la nuit...

Il s'engouffra dans la rue Gambetta pour éviter la grande place, les manèges et les premiers ivrognes de la soirée.

Une fois dehors on se rendait compte de la proximité de la mer du Nord ; un vent humide et glacé lui frappait le visage, par rafales. Il croisa deux ou trois couples pressés de rejoindre la fête qu'on entendait au loin. Il longea le jardin public, les palissades de bois disposées tout autour des travaux de rénovation du vieux Centre Ville, avant de voir le panneau et le plan. Il remarqua qu'on avait eu l'intelligence de le placer sous un candélabre. Il posa son doigt en C 7 sur le triangle qui indiquait « Vous êtes ici » et rechercha la rue Sans-Nom dans la liste alphabétique. Elle se situait en A 6, entre la route de Calais et celle de Sercus, à quelques centaines de mètres de l'endroit où il se tenait.

Neuf heures, pas avant. Au téléphone son correspondant avait particulièrement insisté sur ce point. Il se décida pour le parc paysager qui s'étendait derrière l'église. La statue d'un homme de robe, flanquée de deux bas-reliefs, occupait le centre d'une place en terre battue d'où partaient les différents chemins de promenade. Il s'en approcha et déchiffra le texte gravé sur le socle de pierre à la lumière de son briquet.

ABBÉ LEMIRE,
député du Nord 1893-1928
Maire d'Hazebrouck 1914-1928
Créateur des Jardins Ouvriers.

et plus bas, la devise de cet illustre flamand :

Un coin de terre, un foyer : un jardin ouvrier.

Le froid l'obligea à chercher un abri. Il trouva un café ouvert dans la rue de Thérouanne, le « Transvaal ». Un homme à la chevelure rousse et aux joues encadrées par d'épais favoris trônait derrière un petit comptoir long, d'à peine un mètre cinquante. Un tableau, piqué d'une multitude de chiures de mouches, représentant un épisode de la guerre des Boers, surmontait une armoire plate remplie de bouteilles et de verres. Il avala un verre de genièvre en aspirant le liquide par à-coups pour ne rien perdre du goût.

Il remonta la rue Aristide-Briand plein de courage, mais son pas faiblissait imperceptiblement à l'approche du dernier carrefour. Il s'y arrêta et jeta un regard dans la rue Sans-Nom. Il se trouvait à la hauteur du numéro vingt-huit et il lui fallait remonter jusqu'à l'autre extrémité. Il passa au milieu d'un attroupement de gens attendant l'ouverture du « Flandre », un cinéma de quartier comme on n'en voyait plus à Paris, qui affichait « Poupées érotiques ». D'autres clients s'étaient réfugiés en face, dans un bar baptisé avec beaucoup d'à-propos « A la sortie du Cinéma ».

La caissière, une vieille femme au ventre ballonné, déverrouilla les portes vitrées du cinéma et la rue se vida en un instant. Il se retrouva seul, vaguement éclairé par le néon blafard d'une publicité pour les meubles Coppin.

Le numéro trois correspondait à un pavillon en briques qu'on avait laquées en blanc. Entre la rue et la maison, un minuscule jardin laissé en friche. La grille était poussée et il suivit l'allée jusqu'aux marches du perron. Il agita une clochette accrochée à un clou planté dans le mur sans obtenir de réponse. Il appuya sur la porte de bois vernis qui s'ouvrit.

En premier, il remarqua la musique qui lui parvenait de la salle à manger. Il reconnut le « largo » solennel, ampoulé, servant d'introduction au morceau. Un remake de Bach à l'orgue électrique. Il sentit son cœur se serrer quand la voix légèrement nasale de Gary Brooker prononça les premiers mots de « *A whiter shade of pale* ».

We skipped the light fan...

Le chanteur ne parvint pas à articuler les deux dernières syllabes de « fandango » ; la pointe du diamant fut ramenée dans un crissement de notes aux premières mesures jouées à l'orgue. Figé dans le hall, il se rappelait ces mois de l'année mille neuf cent soixante-sept quand le « Procol Harum » faisait partie de son bonheur. Le disque dérailla à quatre reprises avant qu'il ne sorte de sa rêverie. Il pénétra dans la salle commune. La tête et le corps d'un impressionnant géant reposaient sur la table située au centre de la pièce. Les jambes, détachées du tronc, étaient repliées sur le buffet tandis que les bras et les mains traînaient à proximité de la chaîne hi-fi. Il souleva le couvercle d'altuglass et d'un léger coup d'ongle sur la tête de lecture il fit sauter la voix du chanteur au milieu du troisième couplet.

One of sixteen vestal virgins...

En sifflotant il vint se planter devant l'énorme face du colosse et s'amusa à faire fonctionner l'articulation de la mâchoire. Un mécanisme reliait les mouvements de la bouche à ceux des paupières et l'ouverture de l'une correspondait à la fermeture des autres. Visiblement quelqu'un terminait l'assemblage des divers éléments du personnage de carnaval. Il toussa pour signaler une nouvelle fois sa présence ; intrigué par l'absence de réponse il s'avança en direction d'une sorte d'alcôve qui prolongeait la première pièce, après deux retours de murs.

Elle était là, allongée sur un tapis indien au milieu de motifs colorés, bonshommes malhabiles, girafes, papillons. Elle semblait dormir, le front posé sur ses avant-bras repliés. Ses longs cheveux blonds se séparaient sur sa nuque en deux rubans soyeux. Sa robe était tirée jusqu'à mi-cuisse et son regard s'attarda sur ses jambes nues aussi lisses et fermes que dans son souvenir. Il eut aussitôt envie de se pencher, de les caresser en ayant peur, en même temps de tout gâcher par sa précipitation. Il s'agenouilla et, doucement tourna le visage de la femme vers le sien.

Elle avait les yeux grands ouverts, la bouche béante ; la mort l'avait surprise au plus fort de la terreur. Il la lâcha et la tête retomba lourdement sur le sol dans un bruit mat. Les dents serrées il chercha, en tâtonnant, les paupières de la jeune femme et les rabattit d'un coup sec sur les pupilles bleues. Il souleva le corps, découvrant une large mare gluante qui n'avait pas été totalement absorbée par le tapis et, à hauteur de la poitrine, un pistolet de petit calibre, noir. Il le saisit, machinalement et glissa un doigt dans le pontet. Il ne fit qu'effleurer la détente, de son index, mais cela suffit à déclencher la gâchette ultra-sensible de l'arme. La balle frôla son épaule et vint frapper le géant en pleine face. L'impact déséquilibra la tête en carton qui se détacha du tronc, roula par terre, entraînant dans sa chute des boîtes de peinture, d'épingles et de colle.

*

L'horloge marquait neuf heures moins trois minutes quand le téléphone se mit à sonner au commissariat d'Hazebrouck. L'agent Lenert décrocha le combiné et le porta à son oreille, pour l'éloigner aussitôt, le tympan agressé par la voix criarde d'une femme au bord de l'hystérie.

— Venez vite au 3 de la rue Sans-Nom ; il y a des coups de feu...

— Calmez-vous, je vous en prie. Vous êtes sûre que ce sont bien des coups de feu ?

Il secoua le téléphone, machinalement : les cris étaient maintenant remplacés par un bourdonnement assourdi. Il tenta de reprendre la communication, en vain.

L'agent Lenert répugnait, depuis toujours, à prendre des responsabilités qui ne lui incombaient pas. Et c'était justement le cas : l'inspecteur Cadin qui assurait la direction des opérations pendant le service de nuit, venait de sortir, avec la voiture-radio... Sans raison... Ça lui arrivait souvent, sur le coup de neuf heures. Lenert avait son idée là-dessus : à la tête que faisait Cadin, au retour de ses escapades, les amours ne devaient pas marcher très fort ! Cette histoire de coups de feu l'irritait au plus haut point. Il lui semblait impossible que l'on puisse choisir les quelques instants où il était investi de l'autorité suprême, à Hazebrouck, pour appuyer sur une détente !

En pleine préparation du carnaval, les gosses ne se gênaient pas pour lancer leurs pétards, sans se soucier du couvre-feu !

Il était prêt à chasser l'appel de sa mémoire quand il prit conscience du fait que l'inspecteur roulait dans la voiture-radio.

Il composa l'indicatif. Bonjour l'intimité !

Cadin venait de quitter la rue Gambetta et se dirigeait vers le canal. C'était là qu'ils se promenaient, Blandine et lui, le peu de temps que ça avait duré... La radio crachota, à hauteur du pont. Il monta le volume.

— Inspecteur, c'est Lenert. Je viens de recevoir

un appel ; une femme qui prétend avoir entendu des coups de feu...

— Quelle adresse ?

— Rue Sans-Nom, au trois... Je me demande si c'est pas les gosses, c'est juste à côté du cinéma...

— Mieux vaut vérifier. J'y vais, c'est sur ma route. Tenez-vous à l'écoute, j'aurais besoin d'aide, si c'est du sérieux.

Cadin exécuta un demi-tour parfait puis il s'engagea dans la rue du Clocher. Il contourna le pâté de maisons, par la gauche pour trouver la rue Sans-Nom. Seul un groupe de retardataires qui se pressaient vers le hall illuminé du « Flandre », venait rompre le silence.

L'inspecteur éteignit les phares et descendit la rue en roue libre, jetant de rapides coups d'œil aux plaques. Il parvint au numéro trois juste à temps pour voir une silhouette franchir la porte du perron et s'introduire dans le pavillon. Il sortit de la voiture, prenant soin de retenir la portière, puis il poussa la grille. Aucun bruit ne lui parvenait de l'intérieur du pavillon, à part une musique étouffée, un truc qui lui faisait penser aux Beatles. Il grimpa les marches, décidé à entrer dans l'appartement.

Une détonation l'obligea à battre en retraite. Il s'accroupit sous la fenêtre, le dos contre la façade peinte. L'attente ne dura pas. La porte du pavillon s'ouvrit et la silhouette de l'homme s'encadra dans le rectangle de lumière. L'inspecteur braqua son revolver, les deux mains crispées sur la crosse.

— Ne bougez plus, levez les bras, très haut.

L'autre obéit, lentement. Cadin se porta près de lui, le fouilla avec précaution avant de lui passer les menottes. Il n'était pas armé. Cadin pénétra dans la maison, tenant son prisonnier à ses côtés. La tête du géant s'était immobilisée sur la joue droite ; il montrait au monde une orbite creuse. Gary Brooker hoquetait sur un autre sillon fatigué :

That her face at... at... at...

L'inspecteur composa le numéro du commissariat, le doigt protégé par un kleenex.

— Envoyez le labo au trois de la rue Sans-Nom, il y a du boulot. L'ambulance peut attendre. Plus personne n'en a besoin.

Il prit une bière dans le frigidaire, la déboucha au décapsuleur vissé au mur et la vida d'un trait en réprimant une envie de pleurer.

Il tendit une bouteille au gars qui pendait à son poignet mais l'autre ne répondit même pas, les yeux perdus dans le vague, fixés sur un point que personne n'avait jamais atteint.

CHAPITRE II

L'état de santé de Guy Mallet n'évolua pas le temps que nécessita la constitution du dossier. Il ne manifestait aucun intérêt pour les questions de l'inspecteur, se contentant de promener un regard neutre sur ses interlocuteurs. Il ne réagissait pas davantage à la présence de ses proches, à peine étonné par l'abondance des larmes versées par sa femme accourue de Paris.

Cadin était dépassé : il avait tout essayé. Les menaces, le chantage, la persuasion. Rien n'y faisait. Mallet se butait dans son silence.

L'inspecteur brassa ses fiches et en sortit une qu'il se mit à lire.

> « Guy Mallet, né le 12 juin 1948, à Tremblay-lès-Gonesse, Seine-et-Oise, aujourd'hui rattachée à la Seine-Saint-Denis. Profession : projectionniste de cinéma. Dernier employeur connu : Studio 43, rue du Faubourg-Montmartre, Paris. Marié à Irène Chadeau, domiciliés 8, avenue de la République à Saint-Denis. Logeait, au moment des faits à l'hôtel Gambrinus, Hazebrouck. »

Il y en avait une dizaine comme ça, classées dans leur ordre de création. Des notes prises au cours des entretiens, le matériel de base pour écrire le rapport...

Guy Mallet, assis de l'autre côté du bureau, était entièrement absorbé par l'observation des moulures du plafond. Cadin aurait pu crier, il ne serait pas parvenu à capter son attention. Il saisit une seconde fiche.

DÉPOSITION DE MADAME DURIEZ, *patronne d'hôtel.*

« C'est simple, dès qu'il est arrivé je l'ai trouvé bizarre. Je me méfie toujours des gens qui entrent chez moi sans bagages. Il y en a plus d'un qui est parti sans laisser d'adresse, à la cloche de bois. Depuis, ces clients-là, nous les faisons payer tous les jours. Lui, c'était comme ça, tous les jours à midi je lui demandais de régler sa chambre pour la journée. A aucun moment il n'a proposé de retenir pour une semaine... Avec lui, l'hôtel était devenu un vrai moulin. Il sortait, il rentrait dix fois dans l'après-midi, pour aller je ne sais où. Et comme ça pendant les quatre jours, du lundi au jeudi qu'il a passés chez moi. Dans sa chambre il n'y avait rien, il lisait le journal, c'est tout. Il dormait. Nous fermons à onze heures ; il arrivait à la limite, onze heures moins cinq. Voilà, je n'ai rien à dire de plus. Ah, si, il était venu en voiture. Il l'a garée sur la petite place et il n'y a plus touché, il partait à pied. Je pense qu'il restait dans la ville sinon il se serait servi de sa voiture. »

DÉPOSITION DE MADAME BAEMS, *mercière.*

« C'était un ours. Tout juste s'il disait bonjour. J'ai une petite boutique en face de l'hôtel

Gambrinus. Je viens y manger tous les midis et tous les soirs depuis que mon mari est mort, il y a vingt ans. J'ai pris l'habitude de venir là pour me changer les idées. Quelquefois on parvient à lier connaissance avec des gens remarquables qu'on ne rencontrerait jamais à Hazebrouck, nous discutons de toutes sortes de choses, de la vie... Mais avec lui, impossible d'échanger un mot. Dès le premier soir j'ai essayé de parler, mais c'est tout juste s'il ne m'a pas rembarrée. Pourtant, quelqu'un de jeune comme ça ! Il avalait son repas sans lever les yeux de son assiette et il montait dans sa chambre ou bien il sortait par la porte de l'hôtel, pas celle du bar... Sauf le dernier soir, je m'en souviens, il y avait du hachis parmentier ; à plusieurs reprises il s'est déplacé au téléphone, je le sentais énervé, fébrile. A un moment il est revenu à table à cause du bruit d'un orchestre, la troupe de Godewaersvelde. On était en plein carnaval de Mi-Carême. Ça l'a gêné, il s'est rassis, a attendu que les musiciens quittent la salle de café pour rappeler son correspondant. Ensuite il a pris son café au comptoir ; je l'observais. Quand on sait les choses, c'est facile à dire, mais je suis persuadée qu'à ce moment-là, il avait déjà décidé de la tuer.

DÉPOSITION DE MADAME Irène MALLET née CHADEAU.

« Je ne comprends pas ce qui s'est passé. Guy était à bout de nerfs depuis plusieurs mois, nous n'arrivions plus à parler.

Du jour au lendemain il est parti, sans un mot d'explication. Je n'avais jamais entendu le nom de cette femme... Ça peut sembler incroyable mais c'est comme ça. N'importe comment on ne vivait plus ensemble ; chacun de son côté. C'est tout juste si, en sa présence, j'avais le droit de respirer ; le moindre de mes mouvements l'agaçait prodigieusement. J'ai essayé de le conduire chez un médecin, sans succès. Il a dû se produire un événement que nous ignorons tous. Il avait du travail, nous gagnions bien notre vie... Je ne sais plus... »

DÉPOSITION DE MONSIEUR DECKERT, *armurier.*

« J'ai régulièrement vendu le pistolet qui a servi au crime à mademoiselle Laurence Cappel, six mois environ avant sa mort. C'est un Beretta modèle 70 à chien extérieur. Dans la série fabriquée en alliage léger. Mademoiselle Cappel faisait partie de la Compagnie des Carabiniers de Saint-Jean, une des plus vieilles associations d'Hazebrouck dont je suis membre moi-même. Elle répondait aux critères de détention d'armes définis par le décret du 22 août 1962 concernant les associations sportives agréées. Je la rencontrais souvent au stand de tir du Lion Noir, rue de la Clef. Elle se débrouillait bien, surtout au tir à la grille. C'est moi qui lui avais conseillé ce 7,65 pour son poids et sa précision. Elle vivait seule. Depuis quelque temps elle semblait anxieuse. Elle mettait ça sur le compte de l'insécurité, de la recrudescence des agressions. Dans mon esprit, il s'agissait de lui procurer une arme dissuasive, en sachant qu'elle était entre les mains d'une personne avertie. Je n'aurais jamais pu penser qu'elle en serait la victime. »

DÉPOSITION DU DOCTEUR CHALFONT, *médecin-psychiatre.*

« Le prévenu présente un syndrome psychomoteur caractérisé par la perte de l'initiative motrice, par un certain degré de tension musculaire avec conservation des attitudes, par des phénomènes parakinésiques comme le maniérisme, et des troubles mentaux avec atonie de la pensée, négativisme, stupeur, entrecoupés de rares accès de verbigération et surtout de fureur. Je définirais ce cas comme se rapprochant de l'hébéphrénie-catatonie mais je ne surprendrai personne en affirmant que ces réactions cérébrales à des agressions diverses peuvent tout simplement être qualifiées de « schizophréniques ». Dans le cas de Guy Mallet la conduite de refus, de fuite, d'inadaptation aux conditions d'existence est très nette. Il faut quelquefois remonter aux rapports mère-enfant lors des premiers mois de la vie pour en déceler l'origine. Actuellement Guy Mallet s'est détaché de la réalité et s'est réfugié, replié en lui-même. Son calme apparent ne doit pas faire oublier que sa vie intérieure est livrée aux productions fantasmatiques, le plus souvent douloureuses. On demande fréquemment à la science d'apporter la preuve de la faute. Je serai donc clair : je ne dis pas que cela s'est produit mais qu'il est possible que cela se soit produit. Quant à déterminer le devenir de Guy Mallet, je serai tout aussi mesuré. L'évolution de la maladie n'est pas inéluctablement chronique. Elle peut offrir des répits, des poussées, des rémissions. Il faut donc prendre garde que l'état du patient ne sombre pas et je crois que la prison, au même titre que l'hôpital le précipiterait vers l'effondrement. »

Autant dire clairement qu'il était frappé !

D'ailleurs, pas besoin de médecin psychiatre pour s'en apercevoir : Guy Mallet venait de passer de l'observation des moulures à la contemplation des dessins du parquet. Il parcourait les lignes du bois avec une telle attention que son corps tout entier semblait aspiré par son regard, au point qu'il faillit tomber à plusieurs reprises, lorsque les traits butaient sur les plinthes.

Cadin avait renoncé à l'interroger sur sa présence au trois de la rue Sans-Nom. Il rédigea rapidement sa propre fiche, s'appuyant sur les constatations des gars du laboratoire.

« Suite à un appel reçu à neuf heures moins trois minutes, au commissariat, l'agent Lenert m'a appelé sur la fréquence radio. Je me suis immédiatement rendu au trois de la rue Sans-Nom, dont je n'étais éloigné que de quelques centaines de mètres. A peine arrivé j'ai aperçu le suspect, Guy Mallet, qui entrait dans le pavillon habité par la victime, Laurence Cappel.

Alors que je m'apprêtais à le suivre, un coup de feu m'a obligé à rebrousser chemin. Peu après, Guy Mallet est sorti et s'est laissé appréhender sans résistance. Nos services ont constaté la présence de deux balles tirées par la même arme, un Beretta 7,65. L'une a tué net Laurence Cappel (voir rapport du légiste), l'autre s'est fichée dans la tête d'un géant de carnaval déposé là par la victime. Une seule de ces deux balles est, semble-t-il, imputable au suspect, l'autre ayant été tirée avant son entrée dans le pavillon. Il est actuellement impossible de déterminer si Laurence Cappel a été tuée par le premier ou le second projectile. Il est donc probable que Mallet disposait, ce soir-là, d'un complice. Nous n'avons relevé aucun indice permettant de l'identi... »

Cadin releva la tête, brusquement interrompu dans sa réflexion par Guy Mallet qui venait de se lever d'un bond et se précipitait sur la fenêtre. Sans un mot il porta les deux poings en avant, faisant voler les carreaux en une multitude d'éclats qui explosèrent à travers la pièce. Les épaules suivirent dans un fracas épouvantable de bois brisé. La silhouette se cassa sur le garde-corps en fonte, prête à basculer dans le vide.

Cadin, un moment interdit, s'éjecta de son siège, ses pieds patinèrent sur le parquet trop bien ciré, il se rattrapa au bord du bureau. Il parvint à aggriper Guy Mallet, glissant la main sous la ceinture du pantalon, à l'arrière. Il se mit à tirer de toutes ses forces en gueulant. L'autre battait des pieds pour se dégager, et il lui fallait éviter ces ruades qui visaient son ventre, de manière désordonnée.

L'agent Brouakère fit irruption dans le bureau, le flingue braqué, persuadé qu'on en voulait à la vie de l'inspecteur.

Guy Mallet s'en tira avec une collection de cicatrices sur le visage et les bras. Sa tentative de suicide précipita les choses : le juge d'instruction signa une ordonnance de non-lieu et reconnut Guy Mallet « dément », au sens de l'article 64 du Code Pénal

Guy Mallet fut interné dans un hôpital psychiatrique. Grâce à de nombreuses démarches sa femme obtint qu'il soit transféré près de son domicile, à Ville-Evrard. On renforça la sécurité du bâtiment destiné à l'accueillir et il eut droit, contrairement aux autres malades, à une chambre individuelle.

Il n'ouvrait la bouche que pour bâiller ou pour manger. Un jour, lors d'une visite il fixa intensément sa femme Irène et articula quelques mots.

— Quand tu reviendras...

Puis il replongea dans sa nuit.

CHAPITRE III

Tout au long des premiers mois de son enfermement Guy Mallet ne manifesta aucun désir particulier. Il se bornait à manger, dormir et arpenter sa chambre, inlassablement. Lorsqu'il faisait beau temps, deux infirmiers l'encadraient pour le conduire dans le petit jardin qui jouxtait le pavillon. L'hôpital était ainsi conçu, en de multiples unités indépendantes avec leurs chambres, leur salle à manger commune, leur cuisine et leur espace vert. Une camionnette apportait matin, midi et soir, les plats en bouteillons, confectionnés dans la cuisine centrale située près de l'entrée principale, à côté des bâtiments administratifs.

Ses parents habitaient en lointaine banlieue et ne faisaient le déplacement qu'une fois par mois. Seule Irène franchissait le lourd portail chaque samedi en début d'après-midi. Il ne lui avait jamais adressé le moindre regard, ni n'avait fait l'effort d'un geste depuis cette tentative inaboutie. Elle persévérait sans savoir si cette visite servirait à autre chose que la meurtrir un peu plus encore.

Après une heure, les infirmiers le raccompagnaient au premier étage, l'aidant à grimper l'escalier comme s'ils soutenaient un vieillard.

A l'automne, l'un de ces après-midi de promenade

le long des grilles de Ville-Evrard, il se tourna vers sa femme, lançant ses doigts raides et tremblants à la hauteur de son visage. Les deux hommes en blouses blanches assis au soleil d'octobre se précipitèrent, mais Guy Mallet s'était immobilisé. Soudain, il poussa un long cri de détresse et s'effondra en larmes.

Irène s'agenouilla près de lui puis, doucement, se mit à lui caresser les cheveux. Il sembla s abandonner dans un premier temps, mais se redressa d'un coup en hurlant. Les deux hommes le saisirent et l'emportèrent vers le pavillon tandis qu'il criait sa première phrase entière depuis six mois.

— Je veux un magnétophone ! Je veux un magnétophone !

L'administration ne trouva rien à redire. Le médecin-chef considéra même qu'une réponse positive à cette demande permettrait d'amorcer la guérison du patient.

La semaine suivante, Irène Mallet vint à Ville-Evrard, un paquet sous le bras. A l'intérieur, un mini K7 muni d'un écouteur individuel qu'il fallait se coincer dans le creux de l'oreille, un cordon d'alimentation ainsi qu'une dizaine de bandes enregistrées. Elle avait choisi les groupes qu'ils écoutaient le plus souvent à la maison, les Beatles, les Stones et un tube des Pink Floyd, *Eclipse.*

A dater de ce jour, Guy Mallet ne devait plus quitter son appareil. Dès qu'il arrivait dans une pièce, il s'installait près d'une prise de courant branchait son magnétophone et, du pouce, enfonçait le minuscule écouteur dans le lobe de son oreille.

— Tiens, voilà « Mélodie-Cassette ».

Au tout début sa manie attira la jalousie de ses compagnons d'infortune puis on s'habitua à le voir déambuler, silencieux, avec ce fil qui lui sortait du crâne.

On ne fit pas plus attention lorsque le calendrier annonça le jour du printemps. Tout juste un an qu'on l'avait retrouvé en tête à tête avec un cadavre et un géant désarticulé...

Vers neuf heures, ce soir-là, Guy Mallet fit couler l'eau froide et emplit à ras bord le lavabo de sa chambre avant d'enclencher la fiche de son magnétophone dans la prise destinée au rasoir électrique, là à l'extrémité droite du néon qui surmontait la glace de son armoire de toilette.

Il posa l'appareil sur le bord de l'évier, au coin, et il appuya de ses deux majeurs, simultanément, sur les touches repérées « Record » et « Play ».

La bande magnétique se mit en mouvement et sa voix qu'il se força à maintenir étouffée, vint recouvrir et se substituer à celle de John Lennon.

Imagine there's no heaven
It's easy if you try...

Il s'était assis sur l'armature de fer de son lit et parlait, la tête baissée, au plus près de la grille de protection du micro incorporé.

— Ici on m'appelle « Mélodie-Cassette » et c'est très bien. Je ne veux pas me souvenir d'un autre nom. C'est à vous que je m'adresse Commissaire Nasebroque, roi d'Hazebrouck, prince de l'esbrouffe. Vous croyez régner sur un peuple de géants... »

Il s'interrompit car on marchait dans le couloir. Il éteignit le néon et glissa l'écouteur dans son oreille. De l'autre côté de la porte, le gardien souleva le rideau et observa le malade qui gesticulait au rythme d'une musique intérieure, le visage collé aux vitres grillagées.

— Il est l'heure de se coucher, Mélodie, tu peux écouter ta foutue musique au lit.

Dès que le surveillant se fut éloigné, Guy Mallet fit revenir la cassette au début et il reprit sa conversation magnétique.

— Bonjour commissaire Nasebroque. Ma voix ne vous dit peut-être rien. Pour être franc, à moi non plus ; je l'entends pour la première fois...

Il monologua ainsi pendant une heure, dans la nuit, éjecta la cassette de son logement et, au moyen d'une dent de fourchette qu'il avait cassée lors d'un précédent repas, il gratta le titre de l'enregistrement : « *Imagine* John Lennon » et grava en lettres bâtons maladroites : « Hazebrouck blues ».

Il plaça la cassette sur son oreiller, bien en évidence, releva les manches de sa chemise en les roulant sur ses biceps puis il s'enfonça un mouchoir dans la bouche, afin que ses cris n'alertent pas les gardiens.

Il poussa ensuite la touche « Play » et l'appareil tourna dans le vide avec son léger bruit de moteur. Il se plaça devant le lavabo et se regarda droit dans les yeux avec infiniment de tristesse. Le fil du mini K7 lui coupait le visage en deux dans le reflet du miroir. Il plongea ses mains dans l'eau froide puis, s'abaissant, les avant-bras. L'évier déborda et l'eau en surplus vint lui éclabousser les pieds. Il prit le cordon électrique entre ses dents et d'un mouvement sec de la tête, vers la gauche, vers la porte, il fit glisser le magnétophone dans l'eau. Son corps entier fut pris de tremblements, en même temps qu'une insupportable odeur de brûlé s'échappait de la prise en court-circuit.

Dès le lendemain, la Direction de l'Hôpital fit supprimer l'ensemble des prises de rasoirs qui équipaient les chambres des malades. Les appareils mécaniques étant également proscrits à la suite de mutilations et de tentatives de suicides, un barbier fut embauché qui ne comprit jamais tout à fait la raison pour laquelle, dans certains pavillons, les malades annonçaient son arrivée par ces mots.

— Tiens voilà le fils de « Mélodie-Cassette ».

*

Le commissaire Rubecque dirigeait les opérations. Les dossiers en premier lieu, puis les bureaux, les chaises. En tout dernier, le matériel de transmission. Le déménagement du commissariat pour les nouveaux locaux de la rue du Dépôt avait fait l'objet d'un long travail d'analyse et d'organisation. L'ensemble des services devait continuer à fonctionner pendant le transfert. Un seul point noir : la radio. Il serait nécessaire d'interrompre l'écoute durant le trajet et se contenter du relais installé dans le car de Police-Secours. Mais ce serait bien le diable si l'annonce de la Troisième Guerre mondiale les surprenait au cours de ces cinq minutes fatidiques !

Le commissaire se comparait à un général en campagne supervisant le déménagement de son état-major vers l'avant, sur ce qui constituait, quelques heures plus tôt, la ligne de front.

Le facteur vint troubler ce moment de méditation.

Le facteur ! Il n'avait pas pensé à celui-là. Le secrétariat se trouvait sur la route, entre l'ancien et le nouveau.

— Apportez ça rue du Dépôt, vous voyez bien que nous ne sommes déjà plus là !

L'autre reprit la masse d'imprimés, de retours, de lettres qu'il avait posés sur un carton. Quelques minutes plus tard il les remit à l'inspecteur Cadin dont le rôle consistait à réceptionner les éléments détachés du commissariat et à les installer en bon ordre dans les locaux fraîchement peints de la rue du Dépôt. Il désigna un large comptoir.

— Mettez ça sur le bureau de l'hôtesse, je m'en occuperai plus tard.

La pile de courrier demeura à cette place jusqu'au lendemain matin. Cadin était dans le bureau du commissaire Rubecque, quand la secrétaire préposée à l'ouverture et à la distribution des plis entra. Elle tendit le dossier marqué au nom du commissaire ainsi qu'une enveloppe kraft.

— C'est une lettre qui vient de l'hôpital de Ville-Evrard. Elle est accompagnée d'une cassette de John Lennon.

La jeune femme tourna les talons et disparut. Le commissaire, intrigué, plongea la main dans l'enveloppe marron et la ressortit tenant une feuille à en-tête de l'établissement psychiatrique, ainsi que le rectangle de plastique orné du visage de Lennon perdu dans les nuages. Il lut à haute voix les lignes que lui adressait le Directeur de Ville-Evrard ; il ressentit un petit pincement au cœur en apprenant la mort de Guy Mallet un an, jour pour jour après le meurtre de Laurence Cappel. La lettre relatait les circonstances du suicide du malade et signalait que l'enregistrement joint était dédié au commissaire d'Hazebrouck, bien que la dédicace puisse sembler pour le moins irrévérencieuse.

Rubecque se fit apporter un magnétophone et glissa la cassette entre les guides, avant d'appuyer sur la touche de lecture avec solennité. La voix étouffée de Guy Mallet renforça le trouble qui s'était installé dans le bureau depuis le départ de la secrétaire.

— Bonjour Commissaire Nasebroque. Ma voix ne vous dit peut-ê…

Il appuya immédiatement sur le « Stop » et tendit l'appareil à l'inspecteur Cadin dans un geste de colère.

— Si ça vous amuse d'écouter ces conneries, ne vous gênez pas pour moi. Je ne vais pas perdre mon temps avec un délire de frappé ! Si jamais il raconte quelque chose d'intéressant, on peut rêver, faites-moi un rapport. Si tous les dingos du secteur commencent à nous adresser leurs états d'âme sur bande magnétique, on n'est pas au bout de nos peines. D'ici peu, il faudra s'équiper d'un magnétoscope pour voir leurs élucubrations en vidéo !

Il se leva et enfila sa veste.

— Occupez-vous de la fin du déménagement, Cadin. Tout est prévu dans le dossier vert. Je ne pense pas pouvoir être de retour avant demain matin... encore des histoires avec ma femme.

L'inspecteur devint grave.

— Ça ne s'arrange pas ?

Le commissaire s'avança vers lui et le prit par l'épaule.

— On n'en sait jamais rien avec ces maladies-là... Il faut passer la moitié de sa vie à se plaindre et l'autre moitié à courir les spécialistes. Ah, si on mettait autant de temps à se décider pour inculper un suspect, les prisons seraient vides et les juges au chômage. Nous devons être à Lille en début d'après-midi. Ils lui font passer une séance aux rayons de haute énergie.

— Et pourquoi vous n'allez pas au Centre Hospitalier d'Hazebrouck, ce serait quand même plus pratique ?

— Ils se débrouillent comme des manches. Ils ne sont pas foutus de décrocher les équipements de pointe. Ils vivent avec vingt ans de retard... A part la grippe et les règles douloureuses je me demande bien ce qu'ils arrivent à soigner !

— Bonne chance, commissaire. Surtout pour votre femme.

Il s'éloigna et l'inspecteur Cadin demeura immobile quelques instants, perdu dans ses pensées, avant de remettre le magnétophone en marche.

— ... peut-être rien. Pour être franc, à moi non plus ; je l'entends pour la première fois à l'intérieur de mon crâne, en vous parlant. Je vous ai observé, vous et vos semblables, tout au long de l'instruction de cette enquête bâclée, en train d'essayer de comprendre. De ME comprendre. Et c'est moi qu'on accuse de me taper la tête contre les murs ! Regardez-vous !

Je n'ai jamais cessé de parler pendant trente-cinq ans. Et pour quel résultat ? Personne qui se souvienne d'une seule de mes phrases, même des plus brûlantes. Personne. Mais tout le monde est embarrassé par mon silence ; c'est drôle, non !

C'est la raison pour laquelle je grave cette cassette, pour que l'on m'écoute enfin, pour qu'on entende ma voix alors qu'elle se sera tue, définitivement.

Ah ! je vous imagine, commissaire Nasebroque, soupirant, l'index pointé sur la tempe. Non, je ne suis pas fou, malgré les apparences. Les apparences, ça commence tôt. Moi par exemple, quand j'avais douze, treize ans, il fallait savoir chanter en anglais et se balader en baragouinant les derniers tubes, dans le texte. Je m'en sortais à peu près avec le « Satisfaction » des Stones :

« Ail Cane Elle Guette No ! »

mais pour le reste je me contentais de fredonner les airs. Vous vous en foutez mais ça explique tout le reste, même la rue Sans-Nom... Toutes ces années, après, j'ai fait semblant de connaître les paroles des airs que d'autres jouaient pour moi.

Irène, tiens, je l'ai rencontrée un soir de quatorze juillet, au bal de la mairie, à Aubervilliers. C'était sûrement les enfants qui s'aiment à moins que ce soit les feuilles mortes. En tout cas, on n'a pas tardé à vivre ensemble. Ou plutôt l'un à côté de l'autre. Enfin vous devez savoir tout ça, vous l'avez cuisinée et elle n'a pas dû vous donner trop de travail. Irène !

Tout a commencé à se détraquer à cause des chewing-gums. Vous ne vous attendiez pas à celle-là, hein ? Ma haine tient toute dans les chewing-gums. Surtout les Hollywood à la chlorophylle. Elle les achetait par barre de quatre paquets aux caisses des supermarchés. Je connais l'emballage par cœur... sucre, gomme de base, agents de texture, E 322 et E 422, antioxydant E 320, colorant E 141... elle en mâchait un paquet par jour. Onze plaquettes quotidiennes pendant dix ans. Faites le calcul ; près de quarante-cinq mille petits papiers d'aluminium dentelés dépliés sous mon nez et autant de morceaux de gomme humide que j'entendais mastiquer ! Et ce bruit humide des molaires qui s'écrasent dans la pâte gonflée de salive... On devient meurtrier pour beaucoup moins que ça.

Et il n'y avait pas que les chewing-gums.

Mes horaires de projectionniste ne nous permettaient pas de nous voir souvent, le week-end. Sauf les matinées. En semaine je passais un soir sur deux à la maison. Et, pendant ces rares moments, je ne me souviens pas l'avoir vue autrement que recouverte de sa vieille robe de chambre bleue. Une antiquité qu'elle avait dénichée dans une boutique de seconde main. Dès qu'elle arrivait du travail ou qu'elle sortait du lit, elle mettait ce truc répugnant. Pour se sentir à l'aise !

J'ai vécu dix ans avec une vieille robe de chambre qui bouffait du chewing-gum ! Sans jamais trouver le courage de partir.

L'année dernière, à la même époque, je traînais dans la salle à manger en attendant l'heure de la première séance. Toutes mes chemises étaient dans le panier réservé au linge à repasser. J'ai commencé à le vider pour en trouver une dont le col n'était pas trop froissé. Je suis tombé sur sa robe de chambre. Sans réfléchir j'en ai fait un paquet et je l'ai balancée dans le vide-ordures. Le soir même, Irène s'est attaquée à la montagne de linge en regardant la télé. Vers minuit quand je suis rentré, elle m'attendait, en chemise de nuit.

— Qu'est-ce que tu as fait de ma robe de chambre ? Elle était dans le panier...

Je n'ai pas cherché un instant à nier et je lui ai désigné le vide-ordures dans la cuisine.

— Mais tu es complètement fou ! Elle ne t'avait rien fait cette robe de chambre.

Je n'allais pas lui expliquer sa vie ni les chewing-gums, tout à ce moment-là était déjà joué.

Comme d'habitude.

J'ai pris les clefs de la cave et je suis sorti sur le palier. J'ai appuyé sur le bouton d'appel de l'ascenseur. Elle s'est précipitée derrière moi, en chuchotant pour ne pas alerter les voisins.

— Où vas-tu ?

J'avais posé mon front sur la paroi métallique.

— Fouiller les poubelles avant que les boueux massacrent ta garde-robe !

Je me suis longuement interrogé sur cette brusque idée de descendre à la cave. Il aurait suffi que j'aille boire un verre pour que rien n'arrive. Tout se mélangeait dans ma tête. La cave de mon enfance, un peu humide, chaude avec ces tuyaux du chauffage central suspendus au plafond qui portait l'empreinte des planches de coffrage. Je m'étais installé un petit atelier où je bricolais le contreplaqué, avec les outils d'une boîte éducative offerte par un oncle pour le Noël précédent, ou des moulages en plâtre. Puis très vite les premiers albums déshabillés, que je venais lire en cachette et que je planquais sous une pile de cartons au moindre bruit suspect.

J'avais récupéré un « Teppaz » à moitié déglingué et je passais sans arrêt mes disques préférés.

Elles travaillent le jour et la nuit
Et parfois même tous les samedis
Dactylo-Rock
Tchi bi di bi di...

Tous les « simples » des Chaussettes Noires étaient empilés à côté de l'électrophone. Et en vedette le 45 tours où figurait mon hit : « *Le Vagabond* » par El Toro et ses Cyclones, un groupe des Courtillières, à Pantin. Le chanteur frisait les cent kilos, un physique de déménageur et, sur scène, c'est ce qu'il faisait, d'après la légende.

Lorsque nous avions aménagé ce logement, avec Irène, j'avais rangé mes reliques dans une série de boîtes à gâteaux ou à sucre, en fer décoré puis descendu le tout à la cave, sur le toit d'une vieille armoire sans porte.

Avant de partir de là, j'avais le désir soudain de les reprendre, comme pour effacer ces dix années inutiles.

Mes souvenirs avaient pris l'odeur du moisi, un parfum de poussière humide. Je triais les papiers en sautant d'une année à une autre, du tragique à l'émouvant ; une collection de vignettes distribuées lors des manifestations avant l'arrivée des badges et des autocollants. Le visage de Guevara cerné de noir avec, dans la marge, mon écriture hésitante « 9 octobre 67 midi », un tract contre les colonels grecs, la souche d'un carnet d'abonnement pour le cycle Donskoï au Théâtre de la Commune, en présence du cinéaste. Et par dizaines les carrés, les rectangles, les ronds de papier appelant à la solidarité avec le « peuple vietnamien », certains encore munis d'une épingle légèrement rouillée.

Toutes ces bribes de mon existence étaient enveloppées dans une coupure de presse, la photo d'un rassemblement pour la paix au Viêt-nam, justement, entre la République et la Bastille, sur laquelle j'arrivais à distinguer, coincé entre un Georges Marchais rajeuni et un Michel Rocard anxieux, le visage rond de Philippe Sollers au temps où ils indiquaient encore tous la même direction... »

Un policier frappa à la porte du bureau avant de pénétrer dans la pièce.

— Inspecteur, si vous pouviez venir, peut-être qu'avec vous ils accepteront d'entendre raison...

Il semblait sincèrement affecté pour une raison qui échappait encore à l'inspecteur Cadin. Ce dernier débrancha le magnétophone et suivit l'agent dans les escaliers. Une vingtaine d'ouvriers en bleus de travail occupaient les bancs et les chaises de la nouvelle salle de permanence. Le responsable de la délégation, un petit homme chauve au visage constellé de minuscules verrues, se porta au-devant de l'inspecteur.

— Nous avons décidé en réunion de venir vous voir. Si vous voulez un motif, aucun problème, vous en aurez un. Ce n'est pas que symbolique.

— Mais de quoi parlez-vous à la fin ?

Le policier se pencha vers Cadin.

— Ils veulent être incarcérés...

— Qu'est-ce qu'ils ont fait ?

— Rien, c'est le problème !

L'inspecteur s'avança et s'arrêta à un mètre de l'ouvrier.

— Comme ça, vous voulez que je vous arrête, tous en bloc... Vous connaissez la loi, on ne boucle pas sans délit. Même pour une simple garde à vue il faut s'appuyer sur du sérieux. Vous pouvez justifier d'un délit collectif ?

— Pas encore, mais ça pourrait bien arriver, Monsieur le Commissaire. (Cadin cligna des yeux à l'énoncé de cette soudaine promotion.) Nous sommes vingt-huit à avoir été licenciés il y a deux ans et demi au moment de la fermeture de l'usine Lemasson. Il n'y a plus de travail dans le secteur textile à cent kilomètres à la ronde. Depuis six mois nous ne touchons plus un centime du chômage. Si vous nous bouclez, on sera au moins sûrs d'être nourris et même de travailler, de toucher un salaire dans les ateliers pénitentiaires...

— Ne plaisantez pas avec la prison, je vous jure que ce n'est pas très drôle de vivre des mois entiers entre quatre murs. C'est une véritable sanction.

Un jeune garçon sortit du groupe.

— Le chômage non plus ce n'est pas une partie de plaisir. Et je vous prie de croire que les murs existent ; ils sont dans notre tête et dans celles de ceux qui nous regardent. C'est bien pire qu'une punition parce qu'à y regarder de près, le chômage ne frappe que des innocents.

Il termina sa phrase comme il l'avait commencée, d'une voix douce exempte de colère et se dirigea vers la porte bientôt suivi de ses camarades. L'inspecteur Cadin regagna son bureau dans le silence troublé par les seuls grésillements de l'émetteur radio. Avant de reprendre l'écoute de la confession de Guy Mallet, il se fit servir un café, le dégusta confortablement installé, les pieds posés sur la corbeille à papiers qu'il avait préalablement retournée. Il enfonça la touche « PLAY ».

« ... je participais à toutes les actions, il suffisait qu'on me dise « liberté » ou « justice ». Le visage de Pol Pot ne se remarquait pas encore dans le sourire de Mao.

Je suis resté un bon quart d'heure à triturer ces vieux papiers avant de tomber sur la petite liasse de lettres bleues. J'ai seulement compris, alors, ce que j'étais venu chercher dans cette cave. Tout ce qu'elles contenaient de bonheur, de déchirements, était enfoui au fond de moi, c'est du moins ce que j'avais cru. Il me suffisait de fermer les yeux pour revoir l'écriture heurtée aux lettres inégales qui courait sur les feuilles pâles... « *mon petit amour... mon seul trésor... je ne vis plus d'être sans toi... je compte les heures, les secondes qui nous séparent encore...* » jusqu'à cette lettre, la dernière, cachée au cœur de la liasse.

« *Cher Guy. Que te dire de plus ? De ne pas laisser la place trop belle à l'amertume... Peut-être nous sommes-nous rencontrés trop tôt. Ce que je sais, c'est que je ne t'ai jamais menti en te disant* « *je t'aime* ». *Je ne veux pas commencer aujourd'hui, pour moi tout autant que pour toi.* »

Vous ne trouverez pas ces lettres, Commissaire Nasebroque, elles ont accompagné la robe de chambre bleue, toujours cette foutue couleur. Ça me semblait indispensable afin que tout puisse recommencer. Pourtant ces bouts de papiers vous auraient bien intéressés ; surtout la signature. Vous ne devinez pas ? Ça y est, vous y êtes ! Oui, Laurence, Laurence Cappel.

Allez, soyez beau joueur, j'ai marqué un point.

C'est comme de juste une histoire banale qui est devenue compliquée. Laurence habitait la cité voisine, elle n'avait pas tout à fait seize ans, moi dix-huit, et on fréquentait une sorte de maison de jeunes installée dans une ancienne salle de l'Amicale des Locataires. Plus personne n'y mettait les pieds et nous avions réussi à squatter le local. On avait bricolé un bar, peint les ampoules pour changer l'ambiance. Pendant le week-end, à tour de rôle, chacune amenait son tourne-disque et on organisait une « boum ». La mode n'était pas encore aux animateurs socio-culturels et on pouvait pratiquer nos activités préférées sans rappel à l'ordre : le slow et la drague !

Au fait, est-ce que les flics vont en boîte ? Aucune importance. C'est là que nous nous sommes rencontrés, un dimanche après-midi sur le « A whiter shade of pale » du Procol Harum. En juin 67, leur tube venait tout juste de sortir. Je n'ai pas dit grand-chose, des phrases bateau à propos de ses taches de rousseur et de sa taille. Elle était presque aussi grande que moi ; la musique s'est chargée du reste. En août elle a suivi ses parents, en vacances, et il ne s'est pas passé un jour sans qu'elle m'écrive les lettres bleues que vous ne lirez jamais.

A la rentrée je me suis fait virer du lycée à cause d'une distribution de tracts sur le Viênam. L'année scolaire débutait mal pour les contestataires, mais ça me soulage de penser qu'elle s'est terminée de manière encore plus dramatique pour les dignitaires de l'éducation nationale, en mai 68.

Je me suis cogné aux réalités, pas de formation, l'avenir immédiat hypothéqué par le service militaire et le premier demi-million de chômeurs. J'ai usé mes phalanges sur les portes des bureaux d'embauche. Cent fois la même réponse. Pas de boulot.

En vérité je me foutais pas mal de tous ces refus le soir, quand je me baladais avec Laurence. La vie pouvait continuer comme ça, éternellement.

Vous vous souvenez des minijupes, Inspecteur ? Mais vous avez sûrement oublié que cette audace était compensée par la mode du panty, à moins que la nouvelle ne soit jamais arrivée jusqu'à Hazebrouck !

Un obstacle redoutable... Je l'ai franchi pour la première fois en novembre de cette année. Le simple fait d'y penser et toutes les sensations reviennent. Nous étions à la salle des fêtes, au dernier rang du balcon pour un film dont j'ai oublié le titre. En tout cas, c'était une soirée organisée contre la répression en Espagne, Franco garrottait à tour de bras. Le délégué des commissions ouvrières venait de passer la parole au maire-adoint. Il s'avançait vers la tribune, accompagné par les applaudissements de la foule et les mêmes applaudissements accompagnaient ma main dans sa lente progression obscure. Nos deux peaux, l'intérieur de sa cuisse et la paume de ma main tremblaient de manière identique. Depuis ce jour, j'ai toujours associé l'Espagne à l'amour... Un mois plus tard les parents de Laurence déménagèrent pour regagner leur région d'origine. Laurence faisait partie du voyage, ma jeunesse aussi.

J'ai reçu sa dernière lettre le 21 décembre 67, le jour où, au Cap, le premier cœur greffé s'arrêtait de battre dans la poitrine d'un homme.

Moi, j'ai survécu quinze années avec un cœur mort.

Hello Good Bye

ou, comme je disais avant :

Et l'eau goût de bâille

Vous en avez marre de mon délire sentimental, Commissaire, mais vous écouterez jusqu'au bout. Pas pour le suspens puisqu'en recevant cette cassette vous connaîtrez déjà le dénouement de l'histoire. Non, simplement, la curiosité, l'attente du scoop.

Un peu de patience, je n'en ai plus pour longtemps. Dans tous les sens du terme. Ensuite vous pourrez entendre un petit morceau de Lennon. On fait équipe tous les deux.

Les lettres étaient classées dans l'ordre chronologique. Je les ai lues de la dernière à la première, comme un crabe. Ça pinçait de partout.

L'émotion intacte.

J'ai dit l'essentiel tout à l'heure : j'ai tout foutu à la poubelle puis j'ai refermé la porte de la cave. Je suis sorti dans la rue. Ma voiture était garée sur le trottoir, devant une cabine de téléphone. Deux gars discutaient avec des filles, assis sur le capot. J'ai ouvert la portière et je me suis installé. Ils se sont aperçus de ma présence en entendant le coup de démarreur.

J'ai fait le tour du pâté de maisons pour prendre de l'essence à la station libre service et j'ai mis le cap sur l'autoroute du Nord, par la porte de la Chapelle. Je me suis arrêté sur un parking pour dormir. Vers Péronne. Il pleuvait ; le froid m'a réveillé. J'ai repris la route à cinq heures du matin. Je suis arrivé à Hazebrouck une heure plus tard.

J'ai avalé un déjeuner sur la place, à côté de la Bourse ; dès l'ouverture de la Poste j'ai épluché le bottin pour retrouver la trace de Laurence. Je m'attendais à tout, sauf à trouver une page complète de Cappel pour la seule ville d'Hazebrouck, sans compter les communes environnantes. Je me voyais assez mal sonner à toutes ces portes en déballant mon histoire chaque fois !

C'est votre boulot de mettre la main sur les disparus, les planqués et ça vous paraît sûrement simple de résoudre un petit problème comme le mien, Commissaire. J'imagine votre sourire, votre ironie... je voudrais bien vous voir devant les gamelles du « Kinopanorama » en train de charger les bobines de « Ben-Hur ».

Chacun son truc ! Et c'est ce que je me suis dit...

J'ai feuilleté les pages jaunes entre Détection des fuites d'eau et Détergents, lessives, Savons (Fabricants) et j'ai trouvé trois adresses de Détectives, des cabinets de Lille. Je me suis décidé pour le premier de la liste, à cause des numéros, des chiffres faciles à retenir, dans le genre S.V.P. 11. 11. Là, les deux nombres initiaux additionnés, donnaient le troisième. Ce n'était pas 12.12. 24, enfin ça n'a pas d'importance.

J'ai téléphoné et j'ai expliqué mon cas. Mon histoire n'a pas eu l'air de les surprendre. Le patron de l'agence m'a convoqué, il désirait en discuter de vive voix. J'ai filé à Lille, rue du Réduit, dans le quartier de la Foire Internationale. (Rien à voir avec les décors de Dashiell Hammett ou de Chandler.) En un mot, l'immeuble des détectives respirait le fric à plein nez. La façade, en pierre de taille ravalée depuis peu, datait de plus d'un siècle mais l'intérieur du bâtiment avait été vidé et remplacé par une structure moderne, acier et verre fumé. J'hésitais à franchir les portes à ouverture électronique, en songeant à la ponction que ces fouineurs devraient opérer sur mon portefeuille pour payer la location de leur bureau pendant la durée de notre entretien...

On se fait des idées ; leur boulot ne m'a presque rien coûté. Le gars qui m'a reçu a noté tous les détails concernant Laurence et il m'a demandé trois jours de délai pour la retrouver et prendre contact avec elle. Je lui ai remis un chèque de mille francs, à titre d'avance, mais il n'a jamais été tiré.

Le jeudi suivant, je lui ai téléphoné pendant le dîner, à l'hôtel. Tout était devenu simple, limpide. Le détective avait réussi à se procurer le renseignement sans trop de difficultés. Une affaire courante selon lui. Il avait eu le temps de vérifier son état civil et de me confirmer qu'elle était restée célibataire. Il lui avait parlé de moi ; il paraissait que ça l'amusait de me revoir ! A tout hasard il avait fixé un rendez-vous pour le soir même... J'ai eu un mal de chien à attendre neuf heures et je vous jure que je n'ai jamais été aussi exact à un rendez-vous.

Elle avait vieilli bien sûr, mais sans rien perdre de sa beauté, de son charme. J'ai retrouvé un regard intact, une même luminosité, une semblable ironie.

— Bonjour Guy, vous allez bien, mais entrez donc...

J'ai essayé de la tutoyer comme elle le faisait dans ses lettres, mais elle ne cessait de revenir au « vous », l'insupportable distance de la politesse.

— Votre démarche m'a très sincèrement surprise. Me faire rechercher par un détective! Vraiment incroyable... Pour être tout à fait franche, je ne me souvenais pratiquement plus de vous. Cette histoire remonte bien à quinze ans. Un petit amour d'adolescence, sans plus. Et ce détective qui me disait « Guy Mallet, vous devez bien vous rappeler » ... il m'a fallu une bonne dizaine de minutes pour comprendre ce qui se passait. C'est loin Aubervilliers. Vous n'êtes pas fâché, au moins?

Non, je n'étais pas fâché, pas même vexé. Chacun de ses mots avait tué un à un les fils qui me retenaient encore à la vie. Tout sentiment humain m'avait quitté à l'écoute de ces phrases prononcées sur un ton enjoué.

Laurence a pris conscience de son erreur en levant les yeux vers mon visage. Le désespoir devait m'avoir habillé les traits d'une manière horrible car elle s'est mise à crier instantanément. Je l'ai prise par les bras et secouée en pleurant de rage. Elle s'est débattue et m'a échappé. Je l'ai poursuivie dans la petite pièce du fond mais elle m'attendait en pointant un pistolet dans ma direction.

— Un pas de plus et je tire. Sortez de cette maison immédiatement.

J'ai appris lors de l'instruction que Laurence était affiliée à une société de tir. Si je l'avais su à l'époque, je n'aurais pas tenté de lui arracher son arme. Je n'étais pas vraiment prêt pour la mort, voilà tout.

Mon souvenir est précis, elle était complètement affolée et elle n'avait pas pensé à manœuvrer la sûreté, ou bien elle croyait que la menace et la présence de l'arme seraient suffisantes pour me décourager. Quand elle a réalisé qu'il n'en était rien, il était déjà trop tard. Je lui ai immobilisé le bras et j'ai récupéré le pistolet. Elle m'a supplié de ne pas la tuer, elle se disait prête à vivre avec moi, à faire revivre son amour... Mais à quoi bon retrouver une nouvelle Irène !

J'ai pressé la détente en visant le cœur et un mouvement de dégoût m'a fait jeter le pistolet avant que Laurence ne s'affaisse. Le silence me paraissait insupportable, j'ai commencé à regarder les disques, il y avait deux ou trois trucs de bonne qualité puis j'ai découvert le vieux 33 tours du Procol Harum. Malheureusement les deux faces étaient rayées. Je suis revenu dans la pièce où se trouvait le corps de Laurence. Je l'ai soulevé pour reprendre l'arme. J'ai appuyé le canon sur ma tempe... mais j'ai dévié le pistolet au dernier moment. Le géant a hérité de la balle qui m'était destinée.

C'est à ce moment précis que vous entrez en scène, Commissaire... Nasebroque.

J'aurais bien aimé que cette histoire tourne autrement pour vous éviter tous ces tracas, mais on a beau essayer, c'est dur de réussir ses rêves. »

CHAPITRE IV

L'Inspecteur Cadin ne réalisa pas immédiatement que les confidences de Guy Mallet venaient de prendre fin et la voix de John Lennon emplit le bureau.

I'm sorry that I made you cry
I didn't want to hurt you
I'm just a jealous guy...

Il laissa la bande défiler, l'air lui plaisait.

Vers midi il donna son accord pour participer au repas d'anniversaire de l'agent Lenert, un vieux bonhomme, aussi mince que le cadre de son vélo, mais qui consommait des quantités de bière invraisemblables. Les festivités se déroulaient au Relais de la Motte au bois, en lisière de forêt, sur la route de Merville. Il devait cette invitation à l'absence du commissaire. On attendait de lui qu'il fasse ses preuves pour l'intégrer totalement au cycle des beuveries. Cela signifiait qu'il devait à son tour en prendre l'initiative. Cadin s'en gardait bien et il refusait encore de se reconnaître dans l'image que lui renvoyaient ses collègues de travail. Une vie aussi plate que le pays, avec Hazebrouck pour tout horizon.

Il se souvenait avec précision du jour de sa

nomination dans ce patelin, quinze mois plus tôt. Cela se passait quelques jours avant Noël, il tombait une sorte de pluie glacée qui détrempait la mince couche de neige de la veille et transformait les rues en bourbier. La place centrale était occupée par une de ces fêtes d'hiver encore plus tristes, plus désespérantes dans le Nord que partout ailleurs. Un calicot pendait lamentablement entre deux colonnes de la Bourse : « Quinzaine Commerciale ». Les rares passants se pressaient vers un abri, la tête baissée, le visage bleui par le froid. Il avait pris pension en face de la gare, rue du Vieux-Berquin, dans un quartier qui portait en façade les traces de la crise qui frappait le pays. Des affichettes carrées, cernées de rouge annonçaient sur le passage :

A VENDRE

s'adresser au cabinet
Willcamps-Depote
NOTAIRES

Cadin se dirigeait vers l'ancien Commissariat en luttant contre le vent sans personne pour lui indiquer son chemin. Il y arriva enfin, trempé jusqu'aux os pour découvrir une boutique vide à l'exception du gardien Brouakère, le seul chauffeur qui ne s'en remettait pas à saint Nicolas pour parvenir à destination.

Le reste de l'effectif était rassemblé dans la cantine d'une école, près de la Poste. Brouakère lui expliqua que deux fois par an, le Maire, une sorte de play-boy vieillissant qui ressemblait vaguement à Paul Meurisse, prêtait cette salle et mettait le personnel de cuisine à la disposition des policiers, à charge pour ces derniers de verser une modeste contribution à la Caisse des Œuvres Sociales.

Cadin se décida ; ce repas était une occasion unique de rencontrer d'un seul coup, tous les fonctionnaires de police attachés au Commissariat, de nuit comme de jour.

En quelques minutes le temps avait changé, des bourrasques de vent balayaient les flaques d'eau figée. L'inspecteur profita d'une accalmie pour s'élancer vers la Poste.

La salle du réfectoire était coincée entre les bâtiments de l'école et un gymnase vétuste, le tout construit avec ces éternelles briques rouges salies par le temps. Derrière une barrière constituée d'éléments en fibro-ciment s'étendait un champ de houblon, du moins une surface plantée de perches aussi hautes que des poteaux électriques. Il faudrait attendre le printemps pour voir les premières tiges se lancer à l'attaque du sommet.

Il était rare de tomber sur une houblonnière en pleine ville, ça devenait vraiment sérieux vers la frontière.

Cadin entendait des bribes de chants mais sans parvenir à distinguer les paroles. Il poussa la porte au moment où toute l'assistance se rasseyait après un toast, en posant les verres vides sur la table. Le courant d'air glacial qui s'engouffra fit se retourner les têtes, mais à cet instant, un agent en tenue fut éjecté du vestiaire situé à la droite de l'inspecteur et vint s'écraser sur le rebord de la table. Le plateau oscilla puis se renversa dans un énorme bruit de vaisselle brisée.

A peine assis, les quinze policiers présents se relevèrent. L'un d'eux se pencha sur l'homme groggy et lui tapota les joues. Un colosse empâté sortit à son tour du vestiaire mais avec moins de précipitation. La chemise bleue réglementaire était tendue à se rompre sur son formidable estomac et la masse de chair devait culminer aux alentours des deux mètres. Le visage bovin, percé d'une paire d'yeux rendus inexpressifs par l'alcool, se balançait d'avant en arrière. L'homme tenait entre ses doigts boudinés trois portefeuilles disposés en éventail.

— Je me doutais bien que c'était ce salaud qui nous faisait les poches... Quatre fois dans l'après-midi qu'il fait semblant de se gourrer et qu'il rentre dans les vestiaires au lieu d'aller aux chiottes !

Le blessé parvint à se relever. En titubant il se tourna vers son agresseur en portant la main à sa hanche droite, les doigts à demi repliés. Le commissaire avait eu la prudence de les faire venir sans armes et les doigts ne rencontrèrent que le vide. Il regarda rapidement autour de lui en une série de brefs coups d'œil et se décida pour une bouteille de Jeanlin en verre épais. Il s'en saisit et la brisa sur le sol ne conservant que le goulot entouré de pointes de verre acérées. Son adversaire ne semblait pas s'émouvoir outre mesure de la tournure prise par la querelle. Il lança les portefeuilles sur une table et s'empara d'une chaise, les mains agrippées aux extrémités du dossier. On se précipita de tous côtés pour les séparer, les uns désarmant le colosse, les autres retenant le voltigeur. Ce fut le signal de la catastrophe : la bagarre devint générale. Cadin se croyait projeté dans un film de Mack Sennet en voyant la valse des uniformes, mais les insultes proférées en flamand et en français le ramenaient à la réalité.

Après quelques minutes d'engagement, plus un homme ne tenait debout ; la bataille se déroulait au sol dans un fouillis de bras, de jambes. Le colosse émergea soudain de la grappe humaine en brandissant une imposante louche en aluminium, de celles dont se servent les cuisiniers de collectivités pour remplir les soupières. Il se mit à frapper dans le tas en poussant des « Han » gutturaux, avant de se laisser choir sur l'une des rares chaises épargnées par l'ouragan.

La semaine suivante, l'*Informateur* se fendit d'un discret entrefilet qui attribuait la responsabilité des incidents à une bande de délinquants venue du quartier du Nouveau Monde, dans le but de troubler les travaux de l'Assemblée générale annuelle de l'Amicale des Gardiens de la Paix. Cette mise au point s'avéra suffisante pour mettre un terme aux rumeurs fantaisistes qui couraient la ville.

Le repas d'anniversaire de l'agent Lenert se déroula dans le calme, chacun ayant pris soin de conserver sa veste — et son portefeuille — sur le dos. L'Inspecteur Cadin réussit à fausser compagnie à ses hôtes vers trois heures, juste avant le dessert. Il avait bu plus qu'il ne pouvait le supporter. On avait tenté de le saouler, avec la litanie des toasts et, au début il s'y était prêté. Il croyait ainsi les remercier de leur invitation.

Ils marchaient tous à la Gueuse belge. Des caisses entières que les douaniers leur refilaient en échange des contraventions que les flics leur faisaient sauter.

Cadin buvait le corps du délit, une manière comme une autre de le mettre dans le coup... Il longea le canal avant de prendre place au volant afin de se dégriser, puis il mit le cap sur Lille. Il n'était pas très familiarisé avec cette ville ; à la sortie de l'autoroute il s'engagea dans le boulevard de la Moselle, vers le port. Il parvint à faire demi-tour à la hauteur du Pont de Dunkerque. La circulation était dense sur la rocade. En plus il fallait être vigilant, éviter les couloirs du tramway et les bandes surélevées qui surgissaient près des roues au moment où on ne les attendait pas. Il coupa par la rue d'Arras et laissa sa voiture près de la piscine dans un parking gardé.

Il n'eut aucun mal à trouver la rue du Réduit, à deux pas du Beffroi de Saint-Sauveur. Il reconnut instantanément l'immeuble, conforme à la description qu'en faisait Guy Mallet. C'était vraiment une bâtissse cossue, ravalée récemment, qui faisait une tache claire au milieu d'une double rangée de façades, alternant la brique noircie et le crépi grisâtre. Que de solides maisons bourgeoises pourtant, mais leurs propriétaires se gardaient bien d'étaler leur fortune : la vie est trop dure dans ce pays pour qu'on y fasse la publicité de son luxe. Beaucoup de ceux qui habitaient là avaient encore en mémoire le bruit que fait un pavé en tombant sur un parquet ciré, après avoir traversé la fenêtre.

Cadin s'approcha de l'immeuble et déchiffra les diverses plaques de cuivre qui détaillaient les activités des sociétés locataires. De l'import-export, quelques cabinets juridiques, un conseiller fiscal et, enfin, en fin de liste :

Duyck et Dernu
Agents d'Enquêtes. Toutes recherches et filatures
Privé-Industrie. Sur Rendez-Vous.

Comme d'habitude cette dernière recommandation figurait pour le standing : Cadin n'eut aucune difficulté à se faire recevoir. Les deux associés se partageaient les permanences, secondés par une secrétaire. Avec un minimum d'organisation ils pouvaient se dispenser de mettre le nez dehors pour régler la grande majorité de leurs affaires. Quelques billets versés régulièrement dans les bureaux adéquats d'une préfecture ou d'une mairie permettent d'obtenir une foule de renseignements à domicile.

Duyck se servait un cognac quand la secrétaire

annonça Cadin. Il se réservait le plaisir de dévoiler lui-même l'objet de sa visite et ses fonctions.

— Bonjour monsieur Cadin, que puis-je pour votre service ?

Duyck se renversa dans son fauteuil et commença à laper son verre d'alcool en claquant la langue à chaque gorgée. Il n'avait pas encore franchi la barrière des cinquante ans. Ses cheveux n'y parviendraient jamais ; ils étaient restés en route.

Tout en dégustant, il observait son interlocuteur. Tout y passait, les ongles, la qualité des tissus, des chaussures, le naturel du comportement. Avant que le client n'ouvre la bouche, il se faisait fort de connaître le montant de la commande, du moins la somme à ne pas dépasser pour accrocher l'affaire à coup sûr.

Cadin se livrait au même examen. Il n'était pas difficile de déduire du décor somptueux qui l'entourait, que l'agence ne vivait pas des chèques de mille ou deux mille francs, versés pour deux ou trois heures de filature pépère par de pauvres types impatients d'avoir la confirmation de leur infortune.

Duyck le relança.

— N'ayez aucune crainte, monsieur Cadin, bureau est une tombe. Rien ne sortira de notre conversation sans votre autorisation. Si nous ne concluons pas d'affaire ensemble, je suis capable d'oublier jusqu'à votre visite. Il s'agit d'un problème privé ou bien professionnel ?

L'inspecteur hésita avant de répondre.

— Professionnel.

Duyck se leva et se dirigea vers le bar intégré dans un meuble vitré qui occupait tout un mur.

— Je l'aurais parié. Je reconnais tout de suite les gens qui viennent pour un adultère ou pour s'assurer de la fidélité d'un être cher. A les voir on dirait qu'ils vont passer sur la chaise électrique. Je dis ça sans aucune condescendance, notre profession a largement vécu de ces problèmes durant des dizaines d'années. Mais il faut bien admettre que l'instauration du divorce par consentement mutuel nous a porté un rude coup. Nous travaillons maintenant pour des gens comme vous, monsieur Cadin. L'industrie, le commerce. Vous avez bien choisi... la semaine dernière nous avons apporté une preuve supplémentaire et éclatante de notre fiabilité... Vous prendrez bien un cognac, monsieur Cadin ?

L'inspecteur accepta.

— Je tairai le nom de notre client vous le comprendrez aisément. Enfin sachez qu'il s'agit de l'un des plus importants demi-grossistes en audio-visuel du département. Il se plaignait de vols répétés dans ses entrepôts et tout le personnel, du camionneur au cariste en passant par l'emballeur accusait son voisin. Une situation qui se prolongeait depuis des mois malgré toutes les mesures de contrôle mises en place par le client. Il nous a fallu trois jours pour débusquer les coupables ! Une méthode imparable. Nous avons tout simplement fait embaucher un de nos agents dans le magasin d'approvisionnement. Personne ne partageait le secret, même pas les hauts cadres. Heureusement, parce qu'en fait les trois quarts du personnel étaient dans le coup ; un véritable réseau ! Dès le second jour notre agent s'est vu proposer un magnétoscope au tiers de sa valeur par le préparateur de commandes. Ensuite, un jeu d'enfant. J'espère que cela sera aussi rapide et efficace pour vous, monsieur Cadin.

— Non pas monsieur, inspecteur Cadin. Je crois que votre secrétaire a manqué de précision lors des présentations.

Duyck venait de servir le second cognac et il s'immobilisa au milieu de la pièce, un verre dans chaque main.

— C'est une plaisanterie, j'espère. En temps ordinaire on m'annonce à l'avance ce type de visites ! A quel titre êtes-vous ici, inspecteur ?

Cadin le débarrassa de l'un des verres et se rassit.

— Tout d'abord je tiens à vous dire que je ne suis pas attaché au secteur de Lille mais plus modestement à celui d'Hazebrouck.

Duyck vida d'un coup ce qui lui restait d'alcool. Il fronça les sourcils d'un air préoccupé et prononça très vite :

— Que se passe-t-il à Hazebrouck qui puisse nous concerner ? Je connais bien le commissaire Rubecque et il m'aurait averti...

Il s'interrompit de peur d'en avoir trop dit et, se ravisant, choisit d'attendre que l'inspecteur prenne les devants et justifie sa présence.

— Le commissaire ignore tout de cette démarche mais je ne manquerai pas de le mettre au courant. Le but de ma visite est très simple ; il y a tout juste un an, une jeune femme Laurence Cappel a été tuée par un Parisien, Guy Mallet. A Hazebrouck justement. Jusqu'à maintenant on expliquait ça par la folie...

Duyck était visiblement mal à l'aise ; il eut recours au bar. Cadin fit une pause le temps qu'il se serve et lui fasse de nouveau face.

— ... or Guy Mallet donne maintenant un mobile à son geste.

Le détective fit un effort désespéré pour surmonter son trouble, évitant de croiser le regard de l'inspecteur.

— Oui, je me souviens de cette histoire, elle a fait couler pas mal d'encre. Mais vous m'étonnez, je pensais que Mallet était devenu catatonique de manière pratiquement irréversible.

— C'est exact mais je peux vous révéler autre chose ; Guy Mallet n'a plus aucune chance de s'en sortir, il vient de se suicider à l'Hôpital de Ville-Evrard.

Duyck regagna son fauteuil et se laissa retomber lourdement.

— C'est ça le nouveau ? Je ne vois pas le rapport avec notre agence.

— Je ne vous ai pas tout dit, je ménage mes effets. Avant de mourir Guy Mallet a laissé un message, une bande magnétique pour être précis, sur laquelle il explique qu'il s'est adressé à vous, du moins au Cabinet Duyck et Dernu, trois jours avant le meurtre, pour que vous l'aidiez à retrouver un amour de jeunesse. Une fille nommée Laurence Cappel. Je n'ai pas la cassette sur moi, c'est dommage car il tire un coup de chapeau à la qualité de vos prestations. Il estimait que vous aviez obtenu les coordonnées de cette femme en un temps record et pour un prix défiant toute concurrence.

Le détective se souleva, les poings fermés sur son bureau.

— Ecoutez-moi bien, inspecteur, vous me racontez là une histoire de dingue. Au propre comme au figuré. Vous marchez vraiment dans le délire d'un type qui se fringuait avec une camisole de force ? S'il s'était pointé chez nous, je vous prie de croire qu'il n'aurait pas fait long feu et je me souviendrais de sa visite. C'est assez grave ces accusations... sans en avoir l'air vous nous soupçonnez d'avoir dissimulé une partie de l'emploi du temps d'un meurtrier.

— Je n'affirme rien monsieur Duyck, je relate tout simplement les termes employés par Guy Mallet dans sa confession.

— Dans ce cas il y a toutes les chances pour que votre frappé se trompe d'agence. Nous ne sommes pas les seuls sur la place de Lille. Il nous désigne formellement ?

Cadin répondit par une autre question.

— Quel est votre téléphone ?

— Je ne vois pas le rapport. C'est le 18.18.36. Pourquoi ?

— Mallet ne donne pas de nom ; il fait allusion à une agence dont les deux premiers chiffres du numéro de téléphone additionnés forment le troisième. Un plus un égal deux. Dix-huit plus dix-huit égalent trente-six ! Non ? Il n'est peut-être pas monté jusqu'ici mais il décrit la façade avec assez de précision. J'imagine qu'il a pu être reçu par votre associé. C'est facile à vérifier, vous devez tenir un agenda ?

Duyck esquissa un sourire.

— Je suis mis au courant, jour après jour, des affaires engagées par Dernu et c'est valable dans l'autre sens. C'est valable pour tout, du problème de chantage à la minable question de fichier. Je suis catégorique, votre client n'était pas le nôtre. Cela dit, on peut toujours jeter un coup d'œil à l'agenda.

Il ouvrit le tiroir supérieur du bureau et en extirpa une liasse d'ordinateur.

— ... Nous avons dépassé l'époque du calepin noir. Voilà la liste de nos clients avec l'état de leur compte. Nous les conservons deux ans en mémoire et s'ils ne font plus appel à nous pendant ce laps de temps, ils sont versés sur les listings d'archives et n'apparaissent plus sur celui-ci. C'est bien entendu classé par ordre alphabétique. Il vous suffit de regarder à la lettre M.

Il tourna les feuilles lentement et en isola trois.

— ... Tenez inspecteur, voyez donc si vous trouvez votre bonheur. Je vous demande simplement de passer rapidement sur les autres noms qui figurent sur ces pages ; il y a là le « Who's Who » de la région Nord-Pas-de-Calais. C'est encore plus explosif que de la dynamite !

Cadin contrôla la première feuille sans repérer le

nom de Guy Mallet. Par contre un certain Maillard de Merville figurait à diverses reprises à chaque fois pour des sommes importantes. Il parcourut les autres feuillets pour la forme et le rendit à Duyck. Il savait par avance qu'il ne trouverait pas ce qu'il cherchait. Selon Mallet le chèque n'avait jamais été encaissé et la banque dans ce cas n'en avait pas entendu parler.

— Vous avez raison. Mallet a dû avoir envie de venir vous consulter puis il y a renoncé. Saura-t-on jamais ce qui se passe dans la tête d'un malade ?

L'inspecteur prit congé du détective ; la secrétaire le raccompagna à l'ascenseur.

Dans la rue il conservait encore intacte l'image du crâne subitement luisant de Duyck à l'évocation du crime d'Hazebrouck.

CHAPITRE V

Le lendemain, Cadin dut se rendre au commissariat en fin de matinée : chaque année, les personnalités d'Hazebrouck (et son grade d'inspecteur lui conférait le droit de revendiquer son appartenance à cette élite) étaient conviées au cocktail de l'Amicale des Industriels Hazebrouckois qui patronnait les festivités du Carnaval. Il arriva au moment où le commissaire Rubecque s'apprêtait à partir pour la mairie. Il profita de la voiture. Rubecque affichait sa tête des mauvais jours. Sa femme avait de graves ennuis de santé ; Cadin s'enquit de l'état de la malade, par simple politesse. La seule évocation des déboires d'une vésicule ou du manque de rendement d'un estomac le plongeait dans la neurasthénie.

— Ils la gardent une dizaine de jours en observation. Je n'ai pas trop le moral. Enfin, il faut espérer que ça s'arrangera...

Cadin fit glisser la conversation sur son entrevue de la veille. Rubecque accrocha, à son soulagement.

— ... C'est drôle que vous me parliez de Duyck, nous avons travaillé ensemble, ici, pendant une bonne dizaine d'années.

L'inspecteur manifesta son intérêt.

— C'est un ancien flic ?

— Vous ne le saviez pas ? Ça ne m'étonne pas en

fait. Il sait mener sa barque. Il s'est fait jeter en 72 ou 73, dans ces eaux-là. Il ne se contentait pas de tirer des renseignements de ses indicateurs, il lui fallait de la monnaie par-dessus le marché. Fatalement il s'est fait piquer, sur dénonciation, on a tout juste réussi à lui éviter une inculpation pour proxénétisme mais l'I.G.S. ne l'a pas loupé.

— Il s'est immédiatement reconverti dans le privé ?

Le commissaire hocha la tête.

— On ne peut pas dire qu'il soit resté inactif longtemps ! Il a fondé sa boîte un mois plus tard. Il était spécialisé dans les flagrants délits d'adultère. A mon avis il ne devait pas s'en sortir trop bien, la grande époque était déjà terminée. Jusqu'au jour où il s'est associé avec Dernu. Celui-là, c'est un malin, il a senti le vent au bon moment. D'après ce que je sais, il exerçait en région parisienne mais la concurrence était trop forte. Dès le départ il a réorienté l'activité du cabinet vers les entreprises, les vérifications de carrière avant embauche, les enquêtes de moralités, le flicage du personnel...

— Assez inattendu de la part d'un commissaire...

— Ce n'est pas un jugement, inspecteur, tout bonnement la description d'une réalité. Ils ont également réussi à obtenir un bon volume de commandes de particuliers, la bonne bourgeoisie lilloise qui craint la déchéance de sa progéniture... la drogue fait des ravages nous sommes bien placés pour le savoir. Selon la rumeur, leur société marche très fort, ils sont parvenus à ramasser toute la grosse clientèle du secteur. Il leur arrive même de décrocher des contrats en Belgique.

L'inspecteur émit un sifflement admirateur qu'il tempéra aussitôt par un sourire ironique.

— Sincèrement commissaire, vous pensez que

Guy Mallet délire complètement ou bien que ce sont ces deux-là qui étouffent sa visite ?

— Quelle importance ? On peut reprendre le dossier, nous n'avons rien trouvé sur lui ni dans ses affaires qui nous oriente sur la piste d'un contrat avec l'agence. Pas de carte de visite, pas de téléphone griffonné sur un journal, pas de contrat. Mallet ne notait jamais rien sur les souches de ses chèques, à part la date et la somme... on peut regarder mais ça n'avancera à rien. Même si on débusque un talon de mille francs non encaissé. Ça prouvera que Mallet a fait un chèque de mille francs et qu'il l'a ensuite détruit. On ne va pas se torturer les méninges avec un problème qui débouche sur le vide, il y a suffisamment de boulot concret comme ça !

— Si au contraire nous retenons la seconde hypothèse ?

Cadin avait prononcé sa question très doucement le visage tourné vers la vitre. Rubecque fit une grimace avant de répondre.

— Ça ne change pas grand-chose. Une recherche de personne ne demande pas plus de deux ou trois heures de travail à un professionnel, d'autant plus que Mallet devait connaître la date de naissance de Laurence Cappel. Dix coups de fil bien ciblés dans les services d'état civil, au bureau des cartes grises du département ou à la Sécurité sociale et le tour est joué. C'est de l'argent vite gagné d'autant que le plus souvent c'est au noir. Les clients n'insistent pas pour détailler leurs problèmes sentimentaux sur un contrat. Imaginez un peu la tête de Duyck apprenant par la radio qu'un de ses commanditaires s'est offert les services de son agence pour organiser un meurtre. Le seul lien existant entre le cabinet et Guy Mallet est alors le chèque d'acompte. Il fiche tout en l'air pour mettre la main dessus et, par chance, la secrétaire ne l'a pas encore mis en banque. Il lui reste à le brûler pour effacer toute trace, chez lui, de la visite de Guy Mallet. Si ce scénario est le bon, Duyck a dû picoler encore plus que d'habitude pendant l'instruction... Quel soulagement pour lui quand l'Administration s'est décidée à payer une camisole toute neuve à Mallet. Dans cette région on n'aime pas beaucoup les bouleversements et c'est encore plus vrai pour les clients de Duyck. Pas de vagues, le pays est trop plat. Une seule allusion au cabinet « Duyck et Dernu » et ils pouvaient prendre leur tour à l'A.N.P.E., malgré leurs appuis. Ce coup-ci, ils ont joué gagnant, on ne va pas les accrocher pour si peu un an plus tard, non ?

Rubecque stoppa devant l'impressionnant tas de Chantilly qui servait d'Hôtel de Ville. Un employé communal les conduisit au salon de réception. Une bonne centaine de personnes étaient agglutinées autour de deux tables recouvertes de petits fours. Le bar était momentanément libre et les deux policiers s'y réfugièrent.

Cadin commanda un jus d'orange sous l'œil amusé du commissaire.

— Un whisky pour moi. Vous n'avez pas peur de vous faire remarquer en buvant des jus de fruits ?

— Je peux toujours dire qu'il y a de la vodka dedans.

Cadin s'apprêtait à quitter le commissaire quand une femme brune, l'air hautain, se dirigea droit sur eux. Rubecque reposa son verre pour remettre de l'ordre dans sa présentation.

L'inspecteur laissa glisser son regard sur deux jambes absolument parfaites, gainées de sombre puis remonta sur les formes arrondies qu'il devinait fermes, sous le tissu moiré. Il contournait les dernières sinuosités de la poitrine lorsque la voix tranchante du commissaire le ramena à la réalité.

— Inspecteur Cadin, je vous présente Mme Courtini.

Il tendit une main maladroite et souleva les paupières pour apercevoir le visage ironique de la femme. Le sourire disparut dès qu'il eut relâché son étreinte sur la main. Elle se contenta d'une phrase banale. Cadin ne put s'empêcher de penser que c'était peu pour une pareille rencontre.

— Je suis enchantée de vous avoir rencontré, inspecteur.

Il se répéta ces paroles, en écho, cherchant à fixer sur ses lèvres le léger chantonnement de la voix, cette façon particulière de buter, avec infiniment de douceur, sur les V de vous et d'avoir.

Rubecque reprit son verre et le vida d'un trait.

— Epatante, non ? C'est la femme de Courtini, le Président de l'Amicale. Il a vraiment tout pour être heureux ; une beauté et l'argent qu'il faut pour l'entretenir ! Elle vous a fait de l'effet...

Cadin rosit légèrement. Comme lorsqu'il allait mentir.

— C'est surtout sa voix... Je suis sûr qu'elle fait des dégâts en prononçant seulement « Passez-moi le sel »...

— Trouvez-vous quelqu'un rapidement si vous en êtes là ! Elle a un léger accent espagnol, c'est tout. Je crois qu'elle est née là-bas.

Cadin se décida à s'approcher des tables mais Rubecque le retint par la manche.

— Tant que je vous ai sous la main, pensez donc à régler cette histoire de frigo, j'ai eu droit à une nouvelle crise de nerfs ce matin, à cause de l'oreille. C'est Chessat qui s'occupe des achats à la Préfecture, appelez-le de ma part.

L'inspecteur renonça aux petits fours et rentra au commissariat. Il se rendit aux vestiaires où les hommes avaient aménagé un coin détente avec quelques fauteuils de récupération et une table basse en osier. Il y avait également un combiné frigidaire-congélateur entreposé par Lenert que chacun garnissait pour sa consommation personnelle.

Le commissariat ne disposait pas en propre de ce confort bien qu'en cas de meurtres, de blessures, de mutilations, d'accident il soit tenu de conserver les débris humains pour servir lors d'un éventuel procès. En règle générale tout était dirigé sur le laboratoire de l'hôpital à fin d'analyse, mais il arrivait, pour gagner du temps, qu'on ramène ces reliques au commissariat et qu'on ne les porte que le lendemain... à moins qu'on les oublie, bien au frais derrière l'émail du congélateur.

Cadin avait entendu parler de cette oreille ramassée par un de ses collègues sur le lieu d'une bagarre, la nuit précédente. Il n'avait aucune peine à imaginer la réaction horrifiée de la fille du bureau d'accueil, venant chercher un esquimau et tombant sur un morceau de cartilage ensanglanté, enveloppé dans un sac de plastique transparent.

Il sut trouver les mots qu'il fallait, car sur la foi d'une simple conversation téléphonique, le trésorier de la Préfecture, Chessat, accorda un budget d'équipement exceptionnel au Commissariat d'Hazebrouck. Dans la journée un agent ramena de chez Darty un petit congélateur italien destiné au seul usage professionnel.

*

Le lundi suivant, un court article de *la Voix du Nord,* situé en pages intérieures, attira l'attention de l'inspecteur Cadin.

UN DETECTIVE PRIVE TROUVE UNE MORT HORRIBLE

De notre correspondant particulier à Lambersart.

Au cours du dernier week-end un accident affreux a coûté la vie à un détective privé de Lille. Le jour du décès n'a pu être déterminé avec exactitude, la victime étant sur place, seule, depuis le vendredi soir et le corps à demi déchiqueté ayant été découvert le dimanche en fin de journée. Les circonstances précises de ce drame ne sont pas encore connues mais certaines hypothèses peuvent être avancées. Monsieur Courtini qui emploie plusieurs dizaines de personnes dans son usine d'Hazebrouck avait fait appel à une Agence de détectives pour assurer la protection de sa résidence de Lambersart. M. Courtini avait en effet été l'objet de menaces téléphoniques de la part d'individus se réclamant du F.N.L.C. qui projetaient de déposer une bombe si l'industriel ne satisfaisait pas à leur demande : le versement d'une forte somme baptisée pour l'occasion « impôt révolutionnaire ». M. Courtini est, on le sait, d'origine corse. Devant s'absenter durant le week-end il craignait que les terroristes ne mettent ces deux jours à profit pour passer à l'acte. La vaste propriété de M. Courtini abritant de nombreuses dépendances (grange, anciennes écuries, etc.) certains accès avaient été piégés et une liste de ces points avait été communiquée lors des contacts avec le cabinet de Lille. C'est en tentant, on ne sait encore pour quelle raison, de franchir l'un d'eux, que M. Duyck a déclenché la mise à feu d'un canon de jardin. La décharge de chevrotines lui a arraché la moitié du visage, le tuant net. Détail horrible, les chiens d'attaque qui le secondaient dans sa tâche avaient commencé à dévorer le corps lorsque l'accident fut découvert et les personnes appelées eurent toutes les peines du monde à leur faire lâcher leur proie. Les bêtes ont été conduites à la fourrière de la préfecture et un vétérinaire devrait bientôt statuer sur leur sort. Nous reviendrons dans nos prochaines éditions sur cette triste nouvelle à verser au volumineux dossier de l'autodéfense, ainsi que sur la personnalité de la victime, M. Duyck qui, il y a quelques années faisait partie des effectifs du commissariat d'Hazebrouck.

Cadin plia son journal en ayant soin de bien mettre l'article en évidence, puis il fit irruption dans le bureau du commissaire.

— Et voilà, un de plus. Lisez donc ce journal !

Rubecque parcourut la colonne de texte. Dès qu'il eut terminé il rejeta le dos contre le montant du fauteuil en soufflant lentement entre ses dents.

— Ne vous emballez pas inspecteur ; ils parlent d'un accident et de rien d'autre.

— Vous ne trouvez pas surprenant que Duyck passe à la trappe trois jours après ma visite ? D'abord Laurence Cappel puis Guy Mallet ensuite Duyck. A chaque fois nous avons un métro de retard. Qui est-ce qui s'occupe du secteur de Lambersart ?

Le commissaire s'approcha de la carte murale. De l'index droit il dessina un cercle imaginaire autour de Lille.

— Pour l'ensemble de cette région, c'est nos collègues de Lille. Je peux essayer de décrocher quelques tuyaux auprès de Vorstavel. Il me doit bien ça.

Cadin reprit l'exemplaire de *la Voix du Nord* et le lut pour la troisième fois.

— Selon le journaliste, Courtini possède une usine ici. Vous la connaissez ?

— Oui, mais je n'ai pas encore eu l'occasion d'y mettre les pieds. C'est une blanchisserie industrielle. Elle est installée dans la zone industrielle du Pont des Meuniers, pas loin du canal. Il travaille pour les écoles, les hôpitaux et tous les pressings du secteur. Vous avez déjà remarqué les voitures blanches décorées du soleil orange... les gars qui installent les essuie-mains ?

L'inspecteur acquiesça.

— Oui, comme tout le monde.

— Eh bien c'est une des activités de Courtini.

— En résumé, sa spécialité c'est de laver le linge sale et il ne se limite pas à la famille...

— Restez calme, inspecteur. Vous savez que Courtini est un personnage influent ici ! Il préside plusieurs sociétés d'intérêt local et il siège en bonne place dans les organisations patronales. Il y a peu d'exemples d'industriels qui acceptent d'investir dans une région sinistrée et qui réussissent.

— Vous ne m'enlèverez pas de l'idée que cette affaire de surveillance est suspecte et que la mort de Duyck est liée à notre conversation.

Le commissaire décrocha le téléphone. Il composa le numéro de la préfecture de Lille et demanda le commissaire principal Vorstavel. Ils échangèrent quelques propos aimables sur leurs familles respectives puis Rubecque se décida à aborder le sujet qui le préoccupait.

— J'ai jeté un œil sur *la Voix du Nord* ce matin. Une sale fin pour Duyck. C'est toi qui es sur le coup ?

L'autre dut répondre affirmativement car Rubecque sourit.

— Je m'en doutais. Comme tu sais, j'ai pas mal bossé avec lui, à Hazebrouck avant que l'I.G.S. s'intéresse à ses trafics.

Le commissaire désigna l'écouteur à Cadin en faisant une grimace qui avait valeur d'autorisation. Vorstavel parlait d'une voix fluette avec de brusques intonations graves qui la faisaient ressembler à celle d'un adolescent en mue.

— Oui, il n'a pas eu de chance. Mais tu ne m'appelles pas pour soigner ta nostalgie... Tu veux des détails ?

— Tu n'as pas perdu la main, félicitations ! En fait le client de Duyck, Courtini a une usine chez nous et j'ai envie de me tenir au courant à toutes fins utiles. Je n'aimerais pas me retrouver le bec dans l'eau si cet accident cache une magouille quelconque.

Vorstavel fit entendre un court rire aigu.

— Tu deviens paranoïaque en prenant de la bouteille. Je peux te rassurer, l'enquête est pratiquement bouclée : tout concorde au poil. Courtini s'est bien rendu à l'agence vendredi en fin d'après-midi. La secrétaire nous l'a confirmé ainsi que le gardien de l'immeuble. L'industriel est resté une demi-heure avec le détective ; en sortant, Duyck a indiqué à la secrétaire qu'il devait se rendre à Lambersart et qu'elle pouvait fermer après son départ. J'ai interrogé ton Corse, il est revenu de Paris ce matin. Il dit la même chose ; il ne comprend pas pourquoi Duyck a essayé de forcer la porte du sous-sol alors qu'il lui avait signalé la présence du canon de jardin.

— Pour être franc, Vorstavel je suis tout aussi sceptique sur ce point. Duyck n'était pas un enfant de chœur ; ça fait plus de vingt-cinq ans qu'il traîne dans le métier. Tu ne vas pas me dire que tu avales cette histoire en douceur...

— Oui, au tout début j'avais les mêmes réticences... mais Duyck ne ressemblait plus beaucoup au flic que nous avons connu. Pour t'en convaincre passe donc faire un tour dans son bureau... Rien à voir avec l'environnement d'un fonctionnaire à sept mille francs par mois, primes comprises ! Leur affaire tournait très bien. Que des gros poissons comme Courtini. A la longue, on s'empâte et on perd ses réflexes plus rapidement qu'on ne croit. D'après les témoignages il picolait plutôt sec et les premières analyses l'ont confirmé. Un gramme cinq d'alcool quand il a pris la chevrotine en pleine poire... ça suffit amplement pour se gourrer de porte !

Rubecque hocha la tête en signe d'assentiment et il tenta de lancer Vorstavel sur une autre piste.

— Et son associé, Dernu ? Il n'y avait pas de dissensions entre eux ? Le coup classique du meurtre d'affaire camouflé en accident...

— Non, on n'est pas au cinéma. Dernu est une personnalité dans la ville. J'ai vérifié son emploi du temps et ça ne m'a pas demandé beaucoup d'efforts. Il était invité à un tir aux pigeons, un ball-trap chez Comyn, l'inspecteur des Impôts. Comme tu vois, je fréquente le beau monde.

Cadin reposa l'écouteur et attendit que la communication s'achève. Il en savait assez.

— Commissaire, mon opinion est faite, Duyck est mort à la suite de ma visite...

— C'est indéniable, sinon vous ne l'auriez pas vu !

— Je ne plaisante pas. On lui prépare un enterrement de première classe.

— Dans ce cas, soyons clairs, inspecteur. Je vous vois venir depuis un moment. Vous bâtissez des rêves et vous tentez de plier la réalité afin qu'elle en épouse les contours. Pour vous, il s'agit d'une formidable machination qui a déjà tué trois personnes, Laurence Cappel, Guy Mallet et Duyck. Vous ne voyez rien de plus pressé que de passer les menottes à Dernu, sans la moindre preuve. L'ombre du complot vous suffit. Aucun doute, avec un tel programme vous monopoliserez les manchettes des journaux. Pas seulement *l'Informateur et la Voix*. La vérité est pourtant assez noire comme ça, pas la peine d'en rajouter : Laurence a probablement été tuée par Mallet. Mallet s'est suicidé avec un mini K7 et Duyck s'est pris un coup de canon à corbeaux en pleine tête avant de se faire bouffer par un berger allemand ! Laissez Vorstavel mener son enquête à sa guise, c'est un bon flic, j'ai une entière confiance en lui. Il n'est pas question d'aller se fourrer dans ses pattes. Compris ?

— Oui, c'est entendu mais vous ne m'empêcherez pas de dire que toutes ces coïncidences ne sont pas gratuites. Elles se produisent pour attirer notre attention... ça signale les ratés de la mécanique. Je n'ai pas l'intention de vous doubler et encore moins d'entrer en concurrence avec un commissaire principal. Laissez-moi seulement faire deux ou trois vérifications concernant Laurence Cappel. C'est moi qui me suis occupé de cette affaire dès les premières minutes, non ?

Rubecque remua le bras dans un geste de lassitude.

— Mais pourquoi, bon Dieu ! Avec cette fichue bande magnétique on a enfin le mobile sérieux qui manquait au cours de l'instruction. Tout est clair maintenant.

— Pas pour moi. Que sait-on de cette fille en fait ? De ses fréquentations, de ses goûts. Jetez un œil sur les archives, vous ne rencontrerez pas beaucoup de « gens sans histoires » qui se font descendre comme ça, au hasard. Les victimes ont très souvent un passé aussi complexe que celui de leur assassin.

— Si vous voulez faire des heures supplémentaires, ça vous regarde Cadin, mais notez bien qu'elles ne vous seront pas payées. Et, quoi qu'il arrive, ne venez pas me présenter la note, je n'ai pas passé commande.

*

Avant de déjeuner l'inspecteur Cadin reçut les habituels plaignants des lendemains de week-end : le directeur de la piscine municipale qui avait constaté une effraction commise au moyen d'une brique jetée dans une baie vitrée ; un vol d'autoradio ; l'incendie volontaire d'une porcherie industrielle et la disparition de cinq cents tuiles sur le chantier d'un pavillon.

D'autre part, l'équipe de nuit avait interpellé deux cyclomotoristes qui traînaient une remorque remplie d'objets dérobés à l'intérieur d'un dépôt de matériel automobile. En se présentant au domicile des deux cambrioleurs, ils étaient tombés sur le trésor d'un Ali-Baba de banlieue : le butin d'une cinquantaine de vols commis dans la région au cours des douze derniers mois était entreposé là. Des machines à calculer, à écrire, provenant du Lycée professionnel de Caestre, des bouteilles de butane volées dans une station-service, un lot de vêtements ainsi qu'une dizaine de vélomoteurs et de motos, certains en cours de démontage.

Les flics avaient fait leur boulot avec beaucoup de sérieux et Cadin se borna à établir un projet de lettre de convocation destiné aux victimes de ces vols.

Peu après, il sortit. Devant le commissariat la rue était occupée par un défilé de majorettes ; il eut envie de rebrousser chemin. L'un des gars chargé de la sécurité du cortège le reconnut ; il se chargea de frayer un passage à la voiture de l'inspecteur.

Cadin eut tout le temps d'admirer les jeux de jambes et de bâtons des « Walkies-Talkies » de Merville, des « Petites Etoiles Casselloises » de Cassel qu'un gros homme au visage congestionné présentait également comme les « Kassel-Sterret'jes », mais il retint surtout la prestance des adolescentes boutonneuses réunies sous l'oriflamme bleu et vert des « Majorettes de Phalempin ».

Comme il s'échappait de la cohue, un distributeur entreprenant glissa au vol un tract contre son pare-brise, au risque de se retrouver avec un essuie-glace entre les mains.

Cadin bifurqua vers la place à gauche, et se décida pour la pizzeria, à cause de la terrasse.

Les manèges étaient recouverts de bâches, les volets des stands baissés ; seule, au loin, la musique sur laquelle les fillettes marchaient au pas, rappelait que les festivités de carnaval n'étaient pas terminées.

Hello, le soleil brille, brille, brille,
Hello, je reviendrai bientôt là-bas...

Et pour une fois les paroles disaient vrai !

Il commanda la spécialité, une pizza-flandria, moules et carrés de porc grillé, parmesan ainsi qu'un pichet de rosé. Il avala le tout rapidement et regagna sa voiture. Avant de s'installer au volant il tira la publicité, d'un coup sec pour y jeter un bref coup d'œil.

CONCOURS DE CHANTS
DE PINSONS AVEUGLES

Plus d'une centaine d'oiseaux représentant vingt sociétés de Pinsonniers concourront, pour votre plaisir, le mardi 26 mars à partir de 5 heures du matin sur le terrain de ducasse du Nouveau Monde. Premier Prix : 500 francs offerts par la Caisse Agricole et le Syndicat d'Initiative des Commerçants Hazebrouckois.

On en parlait depuis une bonne semaine dans les couloirs du commissariat et tout un réseau informel prenait des paris. Le peloton de la Cité des Cheminots partait favori à trois contre un. Les mises étaient récoltées jusque dans le car de police-secours ; on lui avait dit que Rubecque lui-même avait risqué cent francs sur les oiseaux de son village natal, les « Ailes de Steinbecque ». Le sort de ces bestioles s'était considérablement adouci au cours des dernières décennies. Dans les années vingt, encore, on soudait les paupières du pinson à la chaleur d'un fer rougi puis on lui apprenait à chanter ; l'obscurité totale dans laquelle la bête se trouvait plongée augmentait en effet la fréquence du ramage.

On se contente aujourd'hui de lui enserrer le sommet de la tête sous une minuscule cagoule.

Lors du concours précédent, quelques jours après la mort de Laurence Cappel, le pinson victorieux avait chanté 832 fois dans l'heure.

Se lever à quatre heures du matin pour écouter un piaf en chapeau seriner la même note des centaines de fois d'affilée ! A se demander qui sont les cons, des oiseaux ou des auditeurs...

La mère de Laurence habitait dans un lotissement, en sortie de ville, sur la départementale de Steenvoorde. Le Conseil Municipal avait cru adoucir l'impression de misère qu'on éprouvait sitôt entré dans ce secteur en attribuant aux rues les noms de Bruegel (sans préciser lequel), Picasso, Van Gogh et Rembrandt. A Hazebrouck on surnommait ces quelques rues le Quartier Perdu, une traduction approximative du nom flamand initial, « Loose Veld », hérité de la présence d'une cité de transit. Les baraquements avaient été démolis en 1968 pour faire place aux pauvres pavillons actuels mais la dénomination était restée.

Cadin s'approcha d'un grillage fatigué aux multiples accrocs colmatés à l'aide de morceaux de ficelle noués. Il n'eut aucune difficulté à comprendre de quelle manière le grillage avait connu un vieillissement prématuré. Une meute de chiens se rua sur lui, la gueule ouverte, leurs pattes grattant furieusement l'obstacle qu'ils tentaient de franchir. Ils bondissaient en retombant lourdement sur leurs congénères, se mordaient entre eux puis s'unissaient à nouveau contre l'étranger.

Il y avait de tout, du berger, du labrador, du teckel et une gamme complète de couleurs. Chaque bête présentait les caractéristiques de plusieurs races... du basset habillé en caniche frisotant jusqu'au pointer à tête de levrette !

L'inspecteur distingua au moins un type pur : un énorme danois qui l'observait en retrait de l'agitation, les babines retroussées sur une double rangée de crocs scintillants. L'image de Duyck, la tête offerte à l'appétit des bergers allemands de Courtini lui traversa l'esprit et fit courir un frisson glacé dans son dos.

Une vieille femme à la démarche heurtée traversait le jardin. Elle s'arrêta à un mètre de la porte.

— Qu'est-ce que vous me voulez ? C'est encore la Mairie qui vous envoie ?

Cadin éleva la voix pour couvrir les aboiements.

— Non, je viens du Commissariat pour vous parler. C'est au sujet de votre fille, Laurence.

— Ça faisait longtemps... Attendez un peu, je rentre les enfants. Avec toutes ces histoires, ils n'aiment plus tellement recevoir de la visite.

Elle se dirigea vers une sorte de hangar, vraisemblablement un ancien garage en planches et tira les battants du portail. Les chiens s'engouffrèrent à sa suite dans la grande surface sombre. Seul le danois demeura dans le jardin.

— Vous pouvez entrer maintenant, monsieur, celui-là ne vous fera pas de mal, c'est un bon copain. Il n'y a qu'une chose qui le fout en rogne, c'est quand on me crie dessus. Sinon, on dirait un agneau.

L'inspecteur poussa la grille sans quitter le chien des yeux, bien qu'il soit partagé entre cette sécurité et un évident réflexe de citadin. En effet la cour battait un record, celui de l'étron. Il y en avait autant sur cent mètres carrés que sur l'ensemble des trottoirs du neuvième arrondissement ! Une chiraclette, ces motos ramasse-merde de la capitale, aurait déclaré forfait. Il fallait directement faire appel à la benne.

Cadin atteignit la porte du pavillon au terme d'un parcours en zigzag dont les brusques écarts étaient commandés par le besoin. Une odeur âcre, comparable à celle qui règne dans la galerie des fauves du zoo de Vincennes, le saisit à la gorge dès qu'il s'avança dans le couloir de la maison. Un mélange lourd et nauséeux d'urine, de poussière et de pâtée pour chiens.

Il parvint à se retenir un moment, mais à mi-parcours le dégoût lui monta aux lèvres. Il suffoqua et se retint aux murs pour ne pas s'écrouler. Il eut l'idée de soulever le col de sa veste, de l'appliquer contre sa figure le nez écrasé sur sa chemise, mais la puanteur traversait le tissu et se mêlait à sa propre odeur, l'annihilant.

Il réussit à regagner la porte d'entrée en titubant, courbé en deux, pour se retrouver face au molosse.

La vieille femme lança un ordre bref.

— Couché l'Empereur !

Le chien obéit immédiatement en poussant une sorte de gémissement.

— Vous ne vous sentez pas bien ?

Il réprima la montée acide qui lui brûlait l'estomac et ferma les yeux pour ne pas voir le tablier de plastique constellé de déchets de nourriture séchés, ni les bottes de caoutchouc maculées de déjections qui s'avançaient vers lui. Il la sentit, littéralement, se pencher à sa hauteur.

— Vous n'allez pas tomber dans les pommes ! Ça vous arrive souvent ?

— Non, pas trop. Je crois bien que je suis allergique à l'odeur de certains animaux. Ce n'est pas la première fois...

— Ça doit être à cause des chats, je n'ai jamais su les faire sortir au bon moment.

CHAPITRE VI

La mère de Laurence abandonna l'inspecteur, traversa le jardin en se frayant un chemin entre les planches, les poubelles renversées, les carcasses d'appareils ménagers hors d'usage ; elle pénétra dans une sorte de buanderie dont le toit menaçait de s'écrouler d'un instant à l'autre. Elle revint bientôt, portant une table de camping sous un bras et deux fauteuils pliants en toile grise sous l'autre.

— Ce n'est pas tous les jours qu'il fait beau dans ce fichu pays. On peut tout aussi bien discuter au soleil. Je vous fais réchauffer un fond de café ?

Cadin accepta, davantage par automatisme que par goût. En fait il avait réagi au mot café et il assimilait la signification des mots « réchauffer » et « fond » avec un quart de seconde de retard.

— C'est une véritable Arche de Noé. Vous accueillez combien de bêtes ici ?

— Oui, ça commence à chiffrer : quatorze chiens et une vingtaine de chats. Sans compter la dernière portée. Ça représente du travail pour s'occuper de tout ce monde-là. Et les vacances approchent ! Entre juillet et août, il ne se passe pas un jour sans qu'on vienne m'en balancer un ou deux par-dessus la barrière. L'Empereur, c'est comme ça qu'il est arrivé. Vous me voyez nez à nez avec ce gaillard en plein milieu de la nuit... On ne se connaissait pas, ni d'un côté ni de l'autre.

Le chien s'était approché en entendant son nom : au passage sa gueule frôla le genou de l'inspecteur. Cadin lui lança un carré de sucre mais le danois se contenta d'observer la trajectoire du morceau blanc puis il tourna la tête vers sa maîtresse.

— Vous pouvez constater qu'il est bien dressé. Si je ne lui donne pas la permission, il ne prendra pas votre morceau de sucre. Je voudrais bien que les voisins voient ça. Ils ont fait circuler une pétition pour m'enlever tous mes petits... Pourtant ils ne sont pas les derniers à me refiler les bêtes dont ils ne veulent plus. Vous leur direz, à la mairie ?

— Je suis venu pour autre chose, madame. Je souhaite vous poser quelques questions au sujet de votre fille, Laurence.

Elle fit un signe au chien. Le danois se releva lentement, desserra les dents et engloutit le carré de sucre.

— J'ai mis des fleurs sur sa tombe pas plus tard qu'hier. Ça, on peut dire que je n'ai pas eu de chance avec mes enfants. Ni avec mon mari. Qu'est-ce que vous voulez savoir ? Elle est tombée sur un fou, je ne sais rien de plus.

— Tout d'abord, Guy Mallet est mort à son tour. Nous avons été avertis de son suicide par l'Hôpital de Ville-Evrard, ces derniers jours. Avant de se tuer, il a enregistré une sorte de confession dans laquelle il affirme être l'assassin de Laurence. Il révèle le mobile de son crime : il prétend avoir fait la connaissance de votre fille en 1967, à Aubervilliers et avoir entretenu une liaison avec elle pendant plusieurs mois. Selon ses déclarations il serait revenu à Hazebrouck, l'année dernière, dans l'unique but de retrouver Laurence pour renouer avec elle les relations interrompues quinze ans auparavant. Qu'en pensez-vous ?

Elle prit le temps de verser le café avant de répondre. L'inspecteur hérita d'un grand bol décoré de fleurs offert par « Mobil », un lot à quinze points... Il regretta dès la première gorgée d'avoir accepté ce café, bien qu'à sa grande surprise, aucun poil ne flottât à la surface du liquide bouilli. Il déglutit péniblement et croqua un sucre, à son tour, pour effacer le goût pisseux qui imprégnait sa bouche.

— En tout cas, à cette époque, il est exact qu'on habitait Aubervilliers. Aucun doute là-dessus. Si ce garçon habitait également dans cette ville, ils ont pu se rencontrer. J'avais six enfants et un mari malade, vous pensez bien que je ne pouvais pas être derrière eux tout le temps, à les surveiller, à savoir qui ils fréquentaient. Je ne dirais pas la même chose pour tous, mais j'ai toujours eu confiance en Laurence, et pas seulement parce que c'était l'aînée. Elle savait réfléchir, et question études, pas de soucis. Elle l'a bien prouvé par la suite. Je suis intervenue une seule fois, quand elle m'a parlé du « Tour-Club », à Stalingrad. Ils y allaient en bande, pour danser les trucs de leur époque, le twist, le jerk, enfin je ne connais pas tous les noms... De mon temps ça ne s'appelait pas encore le « Tour-Club » mais le « Tourbillon » et je vous prie de croire qu'on n'y voyait pas beaucoup de filles honnêtes. On est des adultes, alors disons les choses franchement : cette boîte, ce dancing a toujours eu la réputation d'être la première étape sur la route de Pigalle, d'abord ça se trouve sur la même ligne, Nation-Dauphine. Alors je l'ai prise à part et je lui ai dit : « Laurence tu es en âge de comprendre ces choses-là » et ça a été fini. Je ne suis pas née ici, moi, contrairement aux apparences, je suis une vraie parisienne. C'est le pays de mon mari... On s'est rencontrés à la fin des années quarante dans un bal des Quatre Chemins. On s'est mariés dès 1950 à cause de Laurence, elle est arrivée sans prévenir.

— Pour quelle raison êtes-vous venue à Hazebrouck, avec toute votre famille ?

— L'état de santé de mon mari s'est aggravé ; il voulait passer ses derniers jours dans sa ville natale. On a déménagé au début de 1968 ; en fin de compte, il est décédé dix ans plus tard... notez que je ne m'en plains pas même si ça n'a pas été facile de s'occuper d'un malade pendant tout ce temps.

L'inspecteur prit son carnet et nota.

> « *Famille Cappel. Aubervilliers 1950-67. Hazebrouck depuis 68. Père mort en 78. 6 enfants. Laurence aînée.* »

— Parlez-moi de Laurence, de son travail, de ses amis. C'est possible ?

— Oui, bien sûr. Elle a passé son bac mais elle a continué d'étudier tout en travaillant. De la comptabilité. Elle s'est présentée à un concours, à l'hôpital, c'est comme ça qu'elle est rentrée à l'économat. Une bonne place, elle gagnait bien sa vie pour une femme. C'est grâce à son argent qu'elle a pu aider son frère, Alain... mais il n'y a pas grand-chose à faire pour les enfants perdus !

— C'était le cas d'Alain ?

— Oui, après la mort de son père il a commencé à fréquenter la bande du Quartier Perdu, des bons à rien. Je l'ai houspillé sans résultat. On ne comprend les choses que lorsqu'il est trop tard ! Il n'avait jamais faim, toujours fatigué et en plus il devenait complètement indifférent à tout. Allez savoir qu'il prenait ces cochonneries, qu'il se droguait... Je n'y aurais jamais pensé, c'était le premier que je voyais et dans ces cas-là, on ne sait pas comment il faut réagir ! Laurence s'en est occupée dès qu'on a compris ce qu'il avait. Mais ce n'était pas simple, ici il n'existe pas de service spécialisé comme celui du docteur qu'on voit à la télé. On lui a conseillé de le placer dans un truc privé, Narcostop. Ils ont acheté un petit château, près de Dunkerque et ils soignent les drogués. Malheureusement ce n'est pas reconnu par la Sécurité sociale et tout est à la charge des familles. On n'a pas regardé à la dépense, Laurence mettait le plus gros des mensualités et je complétais avec l'aide de mes autres enfants.

— Il est resté en traitement durant combien de temps ?

— Quatre mois environ mais ça n'a été qu'un répit. Dès sa sortie il a repris goût à la drogue. Ça s'est même accéléré. En l'espace d'un été il a vieilli de dix ans. Je ne crois pas qu'il existe quelque chose de plus dur, pour une mère, que de voir mourir ses enfants de cette façon.

— Il se débrouillait comment pour se procurer ses doses ? Car enfin ce n'est pas gratuit non plus. Il se piquait bien entendu ?

— Si c'est pour cette raison que vous êtes venu, ne comptez pas sur moi pour vous donner les noms de ceux qui vivent de ce commerce. Je n'ai aucune sympathie pour eux, mais ce n'est pas le genre de la maison de dénoncer qui que ce soit.

Elle fit mine de se lever mais Cadin la retint par la manche.

— Je ne vous demande pas de noms, je cherche seulement à comprendre. Aidez-moi.

— Il trafiquait comme tous ces malades-là. Des autoradios, des magnétophones, des appareils photos, toutes sortes de bricoles qu'il revendait aux boutiques spécialisées de la rue de l'Hoflandt. Je ne vais pas vous faire un dessin, vous devez en savoir davantage qu'une vieille femme sur ce sujet. Laurence était comme folle quand je le lui ai dit. Elle ne voulait pas qu'il se retrouve en prison. Il paraît que pour les drogués, les jeunes surtout, c'est pire que l'enfer... C'est vrai ?

L'inspecteur baissa les yeux, mal à son aise et hocha la tête.

— Oui, il y a évidemment des risques. Vous pensez bien que si les hôpitaux ne sont pas en mesure de soigner les drogués ce n'est pas la prison qui pourra s'y substituer.

— Elle s'est débrouillée pour lui procurer ce dont il avait besoin ; en échange elle voulait l'amener à accepter de retourner à Narcostop. Il promettait tout du moment qu'on lui donnait sa dose, jusqu'à ce qu'il attrape, je ne sais plus comment ils appellent ça, une indigestion de drogue...

— Une overdose ?

— Oui, une overdose. Il est mort en septembre, six mois avant sa sœur.

Cadin reprit son calepin et inscrivit à la suite :

« Alain. Frère de Laurence. Toxico. Overdose en septembre. Un séjour à Narcostop (Dunkerque). Laurence règle notes et doses. »

Puis après un instant de réflexion :

« Travail Laurence : économat hôpital.

— Votre fille était employée dans quel hôpital, j'ai oublié de vous le faire préciser ?

— A Hazebrouck. Elle n'a jamais eu d'autre employeur.

Cadin compléta la dernière note en rajoutant *Hazebrouck* après hôpital et il ferma les guillemets.

— C'était une très jolie fille et pourtant elle était restée célibataire. Elle ne devait pourtant pas manquer de prétendants. J'ai eu l'occasion de regarder des photos d'elle...

— Pour ça, c'était un beau brin de fille ! D'abord je ne suis pas très curieuse et comme de son côté elle préférait rester discrète sur sa vie sentimentale... Bien entendu, elle fricotait de temps en temps sinon je me serais inquiétée. J'ai connu ce temps-là et on garde la mémoire... Elle passait une bonne partie de ses soirées au Tape-Tout, à l'Orphéon. Déjà toute petite elle se passionnait pour tout ce qui touchait au folklore. Et vous savez, au Tape-Tout on ne peut pas dire que ce soit des tristes. Il devait bien y avoir un gars là-dedans qui lui avait tapé dans l'œil.

— Elle vous a parlé de quelqu'un précisément ?

Elle inclina la tête et plissa la bouche, l'air de dire : « pour qui me prenez-vous » puis fixa l'inspecteur.

— C'est qu'on est prudent avec des gens comme vous, des fois qu'il vous prendrait l'envie de les arrêter ! On m'embête bien assez comme ça. Enfin, j'ai entendu parler d'un certain Samy, à plusieurs reprises. Mais à quoi ça vous avance, on ne va pas refaire une enquête sur la mort de Laurence ?

— Non, ce n'est pas à l'ordre du jour. C'est un dossier classé, et deux fois plutôt qu'une puisque le meurtrier est également décédé. Je suis préoccupé par autre chose, le fait qu'un détective privé se soit fait sauter la tête à la suite d'une conversation concernant votre fille. Un nommé Duyck. Ça vous dit quelque chose ?

Elle n'hésita pas une seconde.

— Le gars qui s'est fait bouffer par les chiens ? Vous pensez, ils me l'ont déjà servie celle-là ! A croire que ce sont mes bêtes qui ont fait le coup...

L'inspecteur se leva pour prendre congé.

— Vous ne buvez pas votre café ? Il n'était pas bon ?

— Si, ce n'est pas la question. Eh bien il me reste à vous remercier pour votre accueil.

Comme il s'apprêtait à ouvrir la grille, un fourgon s'arrêta net devant le pavillon et deux hommes en uniforme descendirent de la cabine. Un troisième, en civil celui-là, s'éjecta du siège avant d'une Renault 5 grise et s'adressa aux deux premiers.

— C'est bien là, dans cette espèce de bidonville.

Puis il s'approcha du grillage en criant :

— Madame Cappel, c'est la fourrière, laissez-nous entrer.

La vieille femme se colla à l'inspecteur.

— Ils n'auront pas mes bêtes ou alors il faudra m'emmener avec !

Le fonctionnaire retourna à sa voiture et revint en dépliant un papier officiel à en-tête de la mairie d'Hazebrouck. Il l'agita devant le couple formé par Cadin et la mère de Laurence.

— Désolé, mais on vous avait prévenue. Vous troublez l'ordre public : vos chiens représentent un danger pour la sécurité de ce quartier. On vous laisse les chats et trois chiens à condition que vous vous engagiez à prendre les dispositions adéquates pour leur interdire de sortir de l'enclos. En gros, construire une barrière plus solide que cette passoire. Tout est écrit sur cette feuille, noir sur blanc. Nous embarquons, attendez que je vérifie... un danois, deux bergers allemands, un bouledogue, deux briards, enfin ce qui ressemble à des briards et une dizaine de bâtards.

Les deux employés de la fourrière tentèrent de franchir la porte mais l'Empereur se précipita vers eux en montrant les dents. Un des hommes porta la main à son étui de pistolet. Cadin s'interposa.

— Je vous conseille de ne pas jouer avec votre arme. Ce chien est absolument inoffensif quand on le laisse tranquille. Il ne ferait pas de mal à un morceau de sucre... Il vaut mieux m'écouter, je me balade également avec ma quincaillerie.

L'inspecteur souleva le pan de sa veste, découvrant la crosse du Manurhin 357 dont on venait de l'équiper. Le civil recula d'un bon mètre.

— Mais qui êtes-vous donc ? Nous agissons sous l'autorité du Maire !

— Moi je prends mes ordres directement au Ministère de l'Intérieur. Mais on n'est pas là pour tourner un épisode de la guerre des services. Je suis l'inspecteur Cadin du commissariat d'Hazebrouck. Je n'ai pas l'intention ni la prétention de vous apprendre votre boulot mais cette fois-ci, vous faites fausse route. Laissez cette pauvre vieille tranquille avec son cheptel. Au lieu de venir avec la fourrière, renseignez-vous sur son histoire et demandez plutôt à l'assistante sociale de faire un tour, ça évitera sûrement que ça dégénère.

Cadin tira la porte sur lui et repassa sur le trottoir. La mère Cappel avait profité de son intervention pour ouvrir la porte du hangar, libérant ainsi la meute de chiens. Elle faisait de même dans le pavillon, et chassait les chats à grands coups de balai. En un rien de temps le jardin fut envahi par des dizaines d'animaux apeurés qui aboyaient, miaulaient, hurlaient en se ruant par le grillage rapiécé. Le fonctionnaire en civil prit la mesure de la situation et fila se réfugier dans sa Renault, rapidement imité par les deux gars du camion fourrière.

Tout en s'éloignant vers sa voiture, l'inspecteur ne put s'empêcher de penser que la pauvre vieille n'était vraiment pas nette, puis il se concentra sur ces trois mots : Orphéon Tape-tout.

*

Il avait souvent entendu parler du Tape-Tout autour de lui sans trop y prêter attention. Il fallait certainement être né dans le coin pour être un passionné de l'Orphéon, comme il est indispensable d'aimer la bière pour se sentir à l'aise aux fêtes bavaroises.

Les membres de la troupe se réunissaient trois fois par semaine dans la salle du théâtre de la rue de la Sous-Préfecture, un bel immeuble à la façade agrémentée de céramiques bleues, coincé entre le bâtiment de l'Institution Jeanne-d'Arc et l'Hôtel des Finances.

Chaque année, en clôture du carnaval de mi-carême, les comédiens amateurs présentaient un spectacle musical entièrement inédit, du texte aux décors, et dont les numéros égratignaient les habitudes, les travers, les vices des Hazebrouckois.

Selon la tradition, les bourgeois de la ville appréciaient assez peu ces chansonniers d'avant la lettre, mais, au fil des ans, ils avaient su investir les lieux et le Tape-Tout d'aujourd'hui se limitait à la critique des tares des plus humbles.

L'inspecteur laissa sa voiture à l'entrée de la rue de la Lune, un passage en forme de croissant qui donnait accès à la vieille ville ; il déboucha juste devant une petite boutique peinte en rose dont l'enseigne gravée proclamait fièrement : « A la Félicité. Lingerie Féminine Depuis 1865. » Son esprit vagabonda quelques instants du côté des dessous de l'Impératrice Eugénie, puis il s'approcha du magasin pour vérifier l'adresse exacte de la salle de l'Orphéon sur l'une des affichettes annonçant le spectacle. La troupe répétait les lundi, mercredi et vendredi à partir de six heures. La première de la nouvelle revue était annoncée pour le samedi soir suivant.

« Alors, tu viens ? » Deux actes et vingt-deux tableaux empreints d'une franche gaieté. Quarante acteurs et danseurs dans des costumes époustouflants. Une débauche de couleurs et de bonne humeur.

Il rebroussa chemin et reprit sa voiture. Il disposait de la moitié de l'après-midi. Son premier mouvement l'entraîna vers le commissariat, il fallait mettre un peu d'ordre dans les dossiers. Mais cette idée ne l'emballait pas vraiment. Il feuilleta son calepin et relut distraitement les notes prises au cours de l'entretien avec Duyck. Il retrouva, griffonné dans un coin, un renseignement qu'il se souvint avoir écrit dans l'ascenseur qui le reconduisait au rez-de-chaussée de l'immeuble de la rue du Réduit.

« Sté Maillard à Merville. »

Il ne comprenait plus très bien à quoi cela correspondait. Il fit défiler dans sa tête, une à une, les phrases prononcées par le détective en sursis. Le déclic se produisit quand il réentendit Duyck lui dire :

— Voilà la liste de nos clients avec l'état de leur compte...

Il cherchait alors le nom de Guy Mallet sur le listing mais il n'avait pas résisté à la curiosité de jeter un coup d'œil sur les autres lignes. Il avait photographié mentalement les coordonnées de cette société dont le nom revenait à de multiples reprises sur la liste, chaque fois pour des sommes conséquentes.

L'inspecteur fit le tour de la place et stoppa devant une cabine téléphonique. Il composa l'indicatif des renseignements.

— Pouvez-vous m'indiquer le numéro de téléphone et l'adresse de la Société Maillard à Merville.

On lui demanda de patienter le temps de glisser le microfilm correspondant.

— Désolé monsieur, il n'existe pas de société de ce nom à Merville. Par contre nous avons deux particuliers. Jean Maillart, avec un T terminal et Françoise Maillar avec un R. Voulez-vous leurs coordonnées ?

Il raccrocha. De toute manière, l'après-midi était fichu... Il mit le moteur en marche et quitta la ville. Une fois sur la route, il croisa de nombreux cyclistes qui s'entraînaient pour le circuit des « Monts des Flandres », Mont Rouge, Mont Noir, Mont des Cats. Il dépassa le petit aérodrome et sa piste de gazon ; il entra dans Merville. Il traversa la ville au ralenti et se gara devant l'hôtel de ville.

Le secrétaire de mairie ne savait pas où poser ses mains ; elles ne cessaient pas un instant de courir sur son bureau, son visage, de s'essuyer le long de son pantalon ou de se réfugier au fond des poches de sa veste. Même là, elles ne pouvaient pas se tenir tranquilles et se débrouillaient pour agiter des clés ou casser des allumettes. Cadin avait rarement vu quelqu'un d'aussi totalement bouleversé par l'arrivée impromptue d'un policier. Il n'en tira aucune conclusion, un professeur de psychologie avait tenu un trimestre complet sur ce sujet, à Strasbourg, pour expliquer aux élèves-inspecteurs dont il faisait partie, que c'était rarement là le comportement d'un coupable. Les délinquants n'ont aucune raison de paniquer : ils savent ce qu'ils doivent cacher.

— Rassurez-vous, ma visite ne concerne pas votre ville. D'ailleurs elle n'est pas de ma compétence. Vous êtes au courant de ce fait divers, le détective déchiqueté par des chiens ?

Il écarquilla les yeux et serra les poings.

— Oui, comme tout le monde, ils en ont parlé à midi à la télé.

— C'est également dans le journal de ce matin. Je suis chargé de contrôler l'emploi du temps de la victime. Il semblerait que le détective soit entré en contact avec une entreprise installée à Merville, la Société Maillard... avec un D.

Il resta figé quelques secondes et reprit ses esprits.

— La Société Maillard, vous avez bien dit Maillard, comme c'est étrange...

— Qu'y a-t-il d'étrange? La société Maillard?

— Non ce qui est étrange c'est que je ne connais pas de société Maillard avec ou sans D. Ça ne me dit rien et je les connais toutes. Attendez un instant, je vous apporte le cahier des assujettis à la Taxe Professionnelle, si elle existe on la trouvera obligatoirement dedans.

Elle ne figurait pas dans la liste, mais Cadin ne s'avouait pas vaincu. Il était prêt à cogner à la porte de Jean Maillart avec son T et même à celle de Françoise Maillar qu'elle ait ou non son R !

Il arpenta toutes les rues de la ville, un plan à la main, rayant toutes les voies qui n'abritaient pas de société Maillard. Une heure plus tard il dut se rendre à l'évidence, il avait noirci jusqu'à la plus petite impasse.

Son regard accrocha l'enseigne d'une agence immobilière. Sans trop d'espoir il poussa la porte vitrée sur laquelle des lettres blanches indiquaient : « Succursale de Willcamps et Depote ». Il se souvint des affichettes de mise en vente qui ponctuaient ses promenades à travers Hazebrouck, collées sur les rideaux de fer des commerces en faillite ou les volets tirés des pavillons saisis.

L'employé de permanence était plongé dans la lecture du journal. Il leva les yeux au bruit de la clochette. Il contourna son comptoir, et, debout, il prit le temps nécessaire à un examen approfondi de son client éventuel. Il en déduisit vraisemblablement qu'il ne fallait pas espérer conclure une affaire exceptionnelle car il adapta son attitude et son dynamisme au niveau exact de son évaluation. Même Cadin s'estimait davantage !

Le vendeur débita son discours d'une voix morne.

— Que cherchez-vous exactement ? Location, terrain ou peut-être un petit appartement... à moins qu'il ne s'agisse d'une maison de campagne ? Nous disposons d'un bon portefeuille d'affaires à des prix raisonnables.

— Non, ça ne m'intéresse pas. Je recherche une société.

La cote de Cadin grimpa brusquement au box-office de l'agent immobilier de Merville. L'employé s'anima, s'empara d'une pile de dossiers tout en lui désignant un fauteuil. Le ton de sa voix devint plus chaleureux avec des pointes d'obséquiosité.

— Cela dépend de la taille, monsieur. Cette modeste agence est affiliée à la plus importante affaire immobilière régionale, « Willcamps et Depote ». Nous gérons soixante-dix hectares de friches industrielles, six unités textiles et plusieurs dizaines de surfaces commerciales. Dans le domaine agricole et agro-ali...

Cadin lui coupa la parole. Il n'avait aucune envie de connaître l'intégralité des titres de gloire des charognards d'Hazebrouck.

— Vous ne m'avez pas laissé le temps de me présenter, je suis l'inspecteur Cadin et j'enquête sur un accident. Je voudrais bien mettre la main sur l'adresse d'une certaine Société Maillard domiciliée à Merville. Vous connaissez suffisamment bien la ville pour me renseigner...

Aux yeux du vendeur, Cadin ne valait plus grand-chose. Au contraire il coûtait. La réponse sonnait comme un krach à Wall Street.

— Vous n'êtes pas dans un bureau d'information. Allez donc voir à la Chambre de Commerce de Lille...

L'inspecteur prit son calepin dans sa poche pour noter les coordonnées de l'agence. Il ne résista pas au plaisir de donner un aperçu de ses dons de composition. Il se planta devant l'employé.

— Je te remercie du conseil. Mais ne t'amuse pas trop à ce petit jeu. L'accident dont je parle a coûté la vie à un homme. Pense un peu à la tête de Willcamps ou à celle de Depote, je te laisse choisir, quand ils apprendront de quelle manière leurs sous-fifres collaborent avec la police ! Tu vas vite fait te retrouver avec une affichette jaune collée sur le crâne : « A louer ».

Le vendeur ne manifesta aucune émotion particulière. Il se contenta de déplier son journal et reprit sa lecture à la ligne exacte où il l'avait laissée. Le résultat de la tombola de l'assemblée plénière des Jardiniers du Biest. Emile Coteriaux gagnait la bêche et Paul Erremen emportait les deux binettes. Il froissa ses billets mais le bruit du papier fut couvert par celui que fit la porte vitrée en claquant derrière le dos de Cadin.

L'inspecteur resta immobile sur le trottoir, il tourna la tête, à droite puis à gauche ; il se décida pour le « Café des Artilleurs ». Un vieillard de grande taille, sec, avec une barbe grise effilochée se tenait droit derrière le zinc. Toutes les tables étaient occupées. Cadin se fit la réflexion que personne ne devait travailler durant le carnaval. Des paysans jouaient aux dés et dans une salle attenante d'autres consommateurs faisaient une partie de billard. Il s'aperçut qu'il était le plus jeune, tous les habitués avaient nettement dépassé la cinquantaine. Il s'accouda au comptoir et commanda une bière de pays.

La journée tirait à sa fin, il était temps de remettre le cap sur Hazebrouck. Il vida son bock d'un trait, ne remarquant son voisin qu'au moment où celui-ci se détachait du bar pour gagner la sortie. Cadin revint sur ses pas.

— Vous êtes facteur ? Vous travaillez à la poste de Merville ?

Son interlocuteur, un minuscule bonhomme aux joues couperosées, plaqua ses paumes sur ses moustaches pour essuyer les traces de vin avant de répondre.

— *JE SUIS* la Poste de Merville, monsieur ! La Poste en personne. Pour vous servir.

— Enchanté de faire votre connaissance. Vous prendrez bien un verre avec moi ?

— Ça ne se refuse pas. Ce sera un canon. Alors comme ça vous cherchez la poste de Merville. On peut dire que vous avez du nez ! Vous ne pouviez pas mieux tomber. Ma femme tient le guichet, moi je m'occupe des tournées. Les tournées, il y a que ça de vrai !

Personne ne prêtait attention à eux. Le facteur devait faire partie intégrante du décor, au même titre que le poêle à charbon et la grande photo représentant un casernement du début du siècle avec ses inévitables soldats aux moustaches fournies.

— Non, je ne cherche pas la poste, je dois me présenter au siège de la société Maillard et je ne suis pas du coin... je ne parviens pas à la trouver.

Le postier vida son canon d'un trait et tendit la main à Cadin.

— Ah, enfin ! Je croyais bien partir à la retraite sans voir personne de chez Maillard. Jamais pu en coincer un. Ils doivent travailler la nuit ou le dimanche. Surtout qu'ils ne reçoivent plus un pli depuis un an au minimum. Faut être juste ils n'ont jamais eu un courrier de ministre.

— Vous pouvez m'indiquer l'adresse ?

Le facteur contempla son verre vide avec mélancolie et Cadin lui paya un second canon.

— C'est derrière la place de la Libération, dans le passage Bournoville. Au numéro douze. Si c'est pas indiscret vous pouvez me dire ce qu'ils fabriquent là-dedans ?

— Oui, mais ne le répétez pas. De la pâtée pour chiens !

Il lui fallut moins de cinq minutes pour repérer le bâtiment qu'il cherchait depuis le début de l'après-midi. Le numéro douze correspondait à une petite maison vétuste aux volets rouillés. La poussière accumulée sur le pas de la porte, les détritus qui s'amoncelaient dans le jardinet attenant montraient que le propriétaire n'était pas venu là depuis plusieurs mois. Seule la boîte aux lettres semblait être l'objet de quelques soins, une belle boîte étanche, en inox. Un carton tapé à la machine était glissé dans le cadre prévu à cet effet. Cadin se pencha pour lire :

Sté MAILLARD

CHAPITRE VII

Je m' suis dit, tant pis pour la casse
Je vais chercher un titre
En parlant de Tis-je Tas-je
Le Tap Toe de juin, j' l'ai pas digéré
Petit comme je suis j'ai pas vu l' défilé.

Le cercle des danseurs s'ouvrit sur le mot « digéré », laissant apparaître le chanteur soliste, un nain habillé d'un costume marin qui agitait un petit drapeau français.

L'inspecteur venait d'arriver dans la salle de l'Orphéon ; il avait loupé le début de la répétition. Le régisseur vint vers lui à la fin du numéro.

— C'est un filage technique, nous travaillons dans les conditions d'une représentation réelle à la seule différence qu'il n'y a pas de public. Installez-vous au fond de la salle. Vous pourrez rencontrer les acteurs à l'entracte.

Le second tableau débutait plutôt bien : une reconstitution fidèle de la parabole des Aveugles de Bruegel, mais insensiblement au cours du jeu, les costumes se transformaient en djellabahs, la musique d'inspiration moyenâgeuse prenait d'évidentes teintes orientales. Pour finir, un officiel en frac entrait en scène et conduisait les immigrés vers les coulisses où ils disparaissaient, tandis que la bande sonore était remplacée par le bruit de corps tombant dans l'eau.

Les sketches suivants semblaient plus anodins et constituaient en majeure partie, autant de références à des faits ayant trait à la chronique locale. Le commissariat était gentiment brocardé pour la fréquence des descentes de police dans les bars... Bien qu'il fût admis en conclusion que les gardiens de la paix, dans ce domaine, étaient des petits garçons comparés aux employés communaux. Un court texte, interprété par un comédien dont on retenait surtout les yeux très noirs, dépassait le médiocre niveau de ces saynètes. Un incroyable appel à la mort au milieu de cette série affligeante. Il jetait des phrases d'une violence inouïe qui imploraient le retour de la mer sur le plat pays, un holocauste à rebours où les vagues auraient remplacé les flammes.

Cadin garda longuement en mémoire le vers final.

Les carillons des beffrois seront mes seules Iles.

Les trois pantalonnades suivantes ne parvinrent pas à chasser le malaise que l'inconnu avait su faire naître.

Le rideau s'abaissa au ralenti devant les rangées de sièges vides. Le régisseur annonça une demi-heure de coupure. Cadin en profita pour se glisser dans son sillage et pour rejoindre les coulisses aménagées dans un long couloir, sous le plateau. On avait bricolé des loges à l'aide de panneaux de contre-plaqué, d'isorel ignifugé. Les comédiens faisaient la queue devant le local de la maquilleuse pour un raccord ou chez la couturière pour une réparation urgente. L'inspecteur aperçut une poitrine féminine mouillée de sueur, au hasard des planches disjointes. Il retrouvait cette buée, cette odeur animale si caractéristique des vestiaires sportifs, après le match. Le simple éclair blanc d'un sein les valait mille fois.

L'acteur, qui un instant plus tôt souhaitait qu'un raz de marée poétique submerge les Flandres, se tenait à l'écart du reste de la troupe. Adossé à un pilier sur lequel on scotchait les consignes et les pense-bêtes, il fumait une cigarette.

Cadin l'observa. Il comprit que sa grande taille, il mesurait bien un mètre quatre-vingt-dix, l'aidait au même titre que son regard sombre à tenir son public en respect. Un effet proche de celui provoqué par l'apparition d'un 357 Magnum.

L'inspecteur s'approcha du comédien.

— J'ai beaucoup apprécié ce que vous avez fait tout à l'heure sur scène. C'est un très beau texte. Il est de vous ?

Il sourit presque imperceptiblement et esquiva la question.

— Je ne pensais pas faire des adeptes à Hazebrouck ! J'ai bien peur que vous ne soyez mon unique supporter... Le jugement majoritaire est autrement négatif.

— Oubliez-le, vos trois minutes de jeu rachètent amplement l'heure de débilités qui les entoure.

— Qui êtes-vous donc ? Les connaisseurs sont assez rares pour qu'on ne les laisse pas filer...

— Je suis l'inspecteur Cadin.

Le comédien laissa tomber son mégot qu'il écrasa soigneusement sous son pied.

— Quelle déception, je commençais à reprendre le moral et il faut que ce soit un flic qui me serve le compliment ! Vous êtes responsable d'une association culturelle de gendarmes ou quoi ?

— Non, je suis en mission, je voudrais parler à un gars qui travaille ici, un dénommé Samy. Vous savez où je peux le trouver ?

— Sans problème, c'est moi.

Cadin le prit par l'épaule en l'entraînant dans le couloir.

— Si nous sortions de ce trou à rats. C'est pire que le métro ! J'aimerais que vous me parliez de Laurence Cappel, on dit que vous étiez amis tous les deux.

Ils s'installèrent dans le hall d'entrée, sur des banquettes de velours rouge disposées entre les panneaux d'une exposition photographique retraçant l'année d'activité de la troupe de l'Orphéon.

— Qui vous a parlé de moi inspecteur ?...

Il était prêt à continuer mais il se reprit.

— ... ça doit être récent sinon vous seriez venu me trouver au printemps dernier, après le meurtre.

— Rassurez-vous, ça ne s'imposait pas. L'enquête a été réduite au strict minimum. J'ai personnellement arrêté le suspect sur les marches du pavillon qu'occupait Laurence Cappel au trois de la rue Sans-Nom. On a prononcé votre nom devant moi cet après-midi, du moins votre prénom. Vous êtes d'origine anglaise ?

Il parut excédé.

— Non, c'est le diminutif de Samuel. Je suis né à deux pas d'ici. Vous faites une enquête sur Laurence, oui ou non ? Je ne comprends pas bien votre démarche.

Cadin se redressa, approcha son visage d'une photo de décors comme s'il n'existait rien au monde de plus fascinant.

— Je ne sais pas encore bien ce que je fais. Je ramasse des bribes, des morceaux, à gauche et à droite, j'essaie de voir si ça correspond. Un peu comme quand on joue aux « cadavres exquis », vous connaissez ?

— Je ne crois pas que ce soit du meilleur goût à propos d'un meurtre, inspecteur.

— Oh, excusez-moi, je suis sincèrement désolé.

C'est à cause de toute cette bière. Vous ne pouvez pas vous imaginer ce qu'il faut ingurgiter de liquide pour mener à bien une enquête ! Pour ce jeu... Enfin c'est dit, les cadavres exquis, faites comme si vous n'aviez rien entendu. Vous voulez bien répondre à quelques questions ?

— Oui, mais ça m'étonnerait que je vous sois d'une grande utilité.

— On va voir ça tout de suite, Samy. Connaissez-vous un certain Duyck ?

— Non, pas avant de lire son nom dans le journal ce matin. Il a un rapport avec Laurence ?

— Ne cherchez pas à comprendre. Et la Société Maillard ?

— Pas davantage, inspecteur. Je suis désolé.

— Tant pis, j'aurai au moins essayé. Venons-en à l'essentiel, vous connaissiez Laurence depuis longtemps ?

Samy leva les yeux au plafond, son regard demeura fixé sur un lustre fin de siècle, le temps de répondre.

— Notre rencontre remonte à 1970, en fait à mon embauche à l'hôpital d'Hazebrouck. Je suis infirmier. On fait vite le tour du personnel dans le milieu hospitalier. Il y a une certaine urgence à profiter de toute la gamme des contacts humains, on n'en néglige aucun. Cela doit tenir à la présence de la menace de la maladie, à la présence de la mort. Regardez les fossoyeurs, il n'existe pas de profession autant sujette à plaisanterie. C'est une manière d'échapper à la tragédie. Dans les hôpitaux il ne se passe pas une semaine sans qu'un service organise une bouffe ou une partie... Les célibataires ont rapidement l'occasion de trouver une âme sœur.

— En l'occurrence, Laurence vous a trouvé. Vous avez vécu ensemble dès cette époque ou plus tard ?

— Vous allez vite en besogne... Enfin je ne vais pas discuter vos méthodes. Pour être clair, j'ai couché avec l'économe principale de l'hôpital d'Hazebrouck un mois après ma prise de fonction. La belle affaire ! On se voyait de temps à autre, ça ressemblait plus à une relation amicale qu'à un couple. C'est devenu plus sérieux avec l'Orphéon.

— Expliquez-vous, vous devenez intéressant.

— Voilà. Laurence participait depuis longtemps aux activités de la troupe. Elle voulait retrouver les vertus subversives initiales, vous connaissez l'histoire...

— Non, j'ai été élevé en Alsace et mes parents sont parisiens !

Samy se dérida et se détendit pour la première fois depuis le début de l'entretien.

— A l'origine, l'Orphéon était une société philantropique qui récoltait des fonds, à l'aide de collectes de dons. Elle organisait une fête annuelle au moment du carnaval. Peu à peu cette fête s'est transformée en spectacle. Ça remonte à la seconde moitié du XIXe siècle, dans les années qui ont suivi le coup d'Etat de Napoléon III. L'argent provenant des entrées est traditionnellement distribué « aux pauvres qui n'osent pas se faire connaître » ! Textuel et je m'interroge encore sur la manière dont les douairières d'Hazebrouck s'y prennent pour débusquer les affamés honteux. En fait c'était un moyen, à l'époque, de se donner bonne conscience, alors qu'à quelques dizaines de kilomètres d'ici, les mêmes beaux messieurs en habit n'hésitaient pas à envoyer les gosses de huit ans au fond de la mine. Très vite, les sketches de la revue sont devenus une sorte d'enjeu politique, les républicains essayaient d'investir la troupe, de la noyauter pour faire passer leurs idées en contrebande. Une façon de montrer que Carnaval n'était pas mort. Le combat est inégal, vous vous en êtes rendu compte, non ?

— Oui, je n'ai vu que la première partie, mais c'est gratiné ! Laurence s'en satisfaisait ?

— Non, elle tentait de faire évoluer l'état d'esprit de la troupe. Elle m'a pratiquement forcé à m'intégrer, elle se prenait pour une découvreuse de talents... à ses yeux j'étais un nouveau Terzieff, pas moins !

— Elle n'avait pas entièrement tort, j'avoue y avoir pensé quand vous étiez sur scène.

— Pour finir, nous avons mis au point plusieurs numéros et nous les avons présentés ensemble au cours des deux dernières années de sa vie. Je vais être franc, nous nous sommes séparés quelques mois avant le meurtre. Laurence avait très mal supporté la mort de son frère, Alain ; je n'ai pas pu, ou pas su agir pour elle durant cette période. J'étais tout aussi désemparé qu'elle...

— C'est bien la raison qui a conduit à votre séparation ? Vous l'avez revue ensuite ?

— Quel intérêt aurais-je à vous mentir ? Ça ne servirait à rien... Bien entendu, on continuait à se voir à l'hôpital et ici, trois fois par semaine. En somme c'était devenu comme avant, copain-copain. Et puis il y avait Pierlala...

— Jamais entendu parler de celui-là ! Un ami à vous ?

Samy essaya de contenir son rire, en vain. Il se plia sur ses genoux puis se redressa en reprenant son souffle.

— Ah, c'est la meilleure ! Vous imaginez déjà un ménage à trois avec Pierlala ! On voit bien que vous n'êtes pas du coin, c'est le nom d'un géant. Laurence voulait créer une association, le « Rendez-vous des Géants ». Ici, en Flandre, chaque ville, chaque village possède son géant protecteur. On le promenait en tête de cortège à l'occasion du carnaval et pour certaines ducasses. J'en connais un bon paquet, à Steenvoorde il s'appelle Jan den Houtkapper, dans le quartier Toria, à Arneke ils l'ont baptisé Lucien et il vit en ménage avec Amélie... Leur roi, c'est justement Pierlala. Mais comme partout les traditions se perdent et au fur et à mesure des carnavals l'un ou l'autre de ces géants disparaît sans que l'on se préoccupe de lui construire un successeur, Laurence avait décidé de réagir et de donner vie à un géant disparu...

— Je me souviens maintenant, lorsque je suis entré dans le pavillon c'est cette présence qui m'a intrigué... On lui avait même tiré une balle dans l'œil.

— Oui, c'était Pierlala, et il l'a transformé en cyclope. Nous avons travaillé des jours entiers sur ce mannequin, des dimanches, des nuits. Il a fallu tout apprendre, la technique du carton bouilli, le moulage, le vernis. Nous voulions faire le plus beau de tous. On ne pouvait pas être en dessous de ses mérites.

— Comment l'avez-vous déniché ?

— Un hasard, en lisant des contes pour enfants, nous avons découvert l'existence de ce personnage qui aurait même été décoré par Charlemagne en raison de ses bons et loyaux services. Il meurt à un âge respectable et sort de sa tombe au moment des invasions normandes, revêtu de sa cuirasse, la tête protégée par son heaume argenté, tenant à la main une lourde épée longue de cinq coudées. Il parvient à mettre les Vikings en déroute à lui seul, sauvant ainsi la province du pillage. On a joué aux rats de bibliothèque pour retrouver sa trace jusqu'en 1940, date à laquelle il disparaît dans des circonstances curieuses. Selon la légende, Pierlala se montrait chaque fois qu'un danger menaçait la ville. Ainsi en 1914, à la veille de la Grande Guerre puis en juin 40 lors de la percée des blindés allemands. Un détachement de la Wehrmacht s'en est emparé ; le char, un Panzer, l'a emmené sur la route de Dunkerque où il a été retrouvé décapité, écrasé... Une histoire bizarre. Laurence et moi, il nous arrivait de nous comparer à des apprentis sorciers qui joueraient avec les forces maléfiques au risque de les réveiller. Tous les ingrédients étaient présents jusqu'à la figurine à l'œil crevé...

— A la seule différence que les esprits malins ne tirent pas à l'automatique. A ce propos, vous faites partie de la Compagnie des Carabiniers de Saint-Jean ?

— Non, inspecteur, mais j'ai accompagné Laurence à plusieurs reprises au stand d'entraînement, au Café du Lion Noir. C'était la seule femme. Elle se contentait de tirer ; elle n'avait aucune relation avec les autres membres du club. La plus jeune aussi. En règle générale ce sont des hommes mariés qui trouvent là un prétexte pour échapper au cercle familial. Le fusil est accessoire. Ils feraient du football s'il ne fallait pas courir ! Laurence aimait ça, aussi insolite que ça puisse sembler.

— Vous saviez qu'elle s'était procurée une arme personnelle, une arme de défense ?

— Non, je l'ai appris après sa mort, par les journaux. Croyez bien que j'aurais exigé des explications. Elle devait se sentir menacée et pourtant elle n'était pas du genre craintive. Elle avait l'habitude de vivre seule, de faire face à ses responsabilités.

— Lui arrivait-il d'évoquer ses relations avec Guy Mallet, plus particulièrement au cours des derniers mois ?

— Je ne savais pas qu'ils se connaissaient... Et puis à la fin je n'ai plus envie de discuter de tout ça... Vous ne dites pas la vérité quand vous prétendez poser vos questions au hasard. Vous me faites subir un interrogatoire modèle ! Vous n'êtes pas le seul à vous amuser avec les mots, ça nous arrive aussi à nous, les comédiens... Ah ! vous m'avez bien embobiné avec vos airs d'innocence. Qu'est-ce que vous voulez que je me souvienne de trucs pareils. Il se peut qu'elle m'en ait parlé et que j'aie oublié. Allez savoir ! Est-ce que vous vous rappelleriez des paroles prononcées par votre petite amie ou votre femme dix-huit mois plus tôt ?

Le visage de Cadin s'empourpra ; il chercha son salut dans une visite impromptue de l'exposition photo. Il n'avait aucune difficulté à se remémorer la totalité des phrases que Blandine lui avait adressées. Il n'en tirait aucune gloire, leur duo s'était interrompu au bout de trois jours. Elle ne supportait pas son silence. Il n'y pouvait rien. Ça ne datait pas d'elle.

Depuis, il s'en remettait aux filles du cabaret de l'Ange, une boîte près de la frontière. On avait coutume de dire que c'était là le plus court chemin pour le Paradis. Au moins celles-là ne lui demandaient pas d'explications : il pouvait se taire autant qu'il en avait envie.

Le régisseur arriva dans le hall, légèrement excité. Son intrusion mit fin au trouble de Cadin qui en profita pour éluder la question du comédien.

— Arrive Samy, on démarre la seconde partie, on n'attendait plus que toi. Ça vous plaît, inspecteur ?

— Disons que je passe un bon moment... Je vais rester pour la suite. On se revoit à la fin du spectacle, Samy ?

L'acteur fit un geste vague, de la main, et disparut en direction de la scène. Les numéros présentés valaient les précédents. Cadin se mit à souhaiter l'apparition de Samy ; il essayait de le reconnaître sous les masques, le maquillage. Sa patience fut récompensée lorsque le meneur de la revue annonça « la Renaissance du Géant ».

Un tulle noir tomba des cintres, délimitant un espace de jeu de trois mètres de profondeur puis, d'un coup, tous les projecteurs s'éteignirent. Le profil d'une jeune femme apparut sur la gauche du plateau, donnant l'impression que la comédienne était allongée sur une table, le nez pointé vers le ciel. A l'autre extrémité de la scène surgit un second visage. Celui d'un homme cette fois. Il flottait à près de deux mètres du sol, sans le soutien d'un corps et avançait, glissait plutôt, vers la tête féminine. Parvenu au milieu du chemin, le spectre montra successivement deux paumes fluorescentes, qu'il escamota la seconde suivante. Il reprit sa marche inquiétante, se maintenant de face comme un dessin d'une fresque égyptienne. Il rejoignit la femme et appliqua ses mains sur les cheveux de la gisante. La tête sembla s'élever, très lentement avant de s'immobiliser environ vingt centimètres sous le visage d'homme.

Les deux mains lumineuses survinrent à nouveau de chaque côté de la tête de femme ; puis remontant dans un geste parallèle, elles l'effacèrent progressivement.

Cadin n'avait jamais rien vu de semblable sur une scène de théâtre. Cela semblait proprement hallucinant. Il était fasciné et inquiet tout à la fois, captivé surtout.

Quelques secondes passèrent avant que les mains ne fassent le mouvement inverse, donnant naissance à une énorme face de géant borgne, phosphorescent, dont la bouche s'ouvrit en émettant un rire terrifiant. Les projecteurs se rallumèrent, violemment, sur une scène déserte.

Le speaker enchaîna avec un autre numéro d'une platitude rare, retraçant la vie d'un professeur de l'Institution Jeanne d'Arc. Comme on ne lésinait pas sur l'éclairage, l'inspecteur passa le temps à détailler les fresques peintes au plafond de la salle. Il y trouva une vague parenté avec les œuvres de Clovis Trouille : les angelots ne craignaient pas de se mettre les fesses à l'air, malheureusement, ils portaient nettement moins de chaussures à talons aiguilles.

Aux premières notes du final il fila vers les coulisses pour guetter la sortie de scène des comédiens, mais Samy était introuvable. Il posa la question au régisseur.

— Samy ? Il termine sur son truc d'illusionniste, c'est assez fort comme ça, il ne joue pas dans les derniers tableaux et je ne lui ai rien demandé pour le final. C'est épatant son tableau, n'empêche que ça me fout le cafard, à chaque fois.

— Vous savez où je peux le trouver ?

— Il a foutu le camp tout de suite. Il avait l'air pressé. A mon avis vous le piquerez à l'hôpital, il est de service à neuf heures.

Cadin fut sur le point de tout laisser tomber, de rejoindre sa chambre. Ça commençait à bien faire pour une seule journée. Pourtant il se ravisa. Le régisseur avait l'air d'être un chic type, certainement un artisan qui se défoulait là de ses poussées créatrices trop durement réprimées par le travail. A première vue, il jouait les rôles confondus d'un metteur en scène et d'un directeur technique. Il intervenait aussi bien pour le réglage d'une réplique, la modification d'un texte, que pour réparer un accessoire ou aider l'unique machiniste à mettre les décors en place. Cadin le regarda disposer les éléments pour la dernière répétition ; il lui prêta la main pour soulever un bar en contre-plaqué qui servait lors du numéro intitulé « Les ravages de l'alcoolisme », où il était justement question de certaines descentes de police !

— Vous avez quelqu'un de solide avec Samy, son jeu est étonnant. Il fait la différence...

— Oui, c'est un véritable comédien, il ne se

contente pas de prendre les habits du personnage et ça se remarque dès qu'il monte sur les planches, il occupe tout l'espace. Ça doit être pareil pour les bons flics, ça ne court pas les rues... Tout de même, les sujets qu'il propose ne collent pas avec le reste du spectacle. Vous ne l'avez pas ressenti ?

— Non, je serais enclin à penser le contraire...

— Comment cela ?

— Que c'est l'ensemble de la revue qui ne cadre pas avec ce que fait Samy... ça dépasse la pièce de patronage.

— Non, vous vous trompez, inspecteur. J'assure les mises en scène de l'Orphéon depuis une dizaine d'années et je crois bien connaître ce que veut le public. Les gens ne viennent pas ici pour réfléchir, ni pour pleurer. Ils demandent de la joie, de la rigolade, des couleurs. S'ils recherchent le sérieux, ils vont à la messe ! Samy et sa copine, la fille assassinée l'année dernière par un fou, leur dada c'est le message. Leur théorie n'a pas le mérite de la nouveauté ni de l'originalité : renouer avec la vérité ancestrale du carnaval, retrouver la signification des rites, des personnages... Les fêtes païennes en somme ! Qu'ils aillent au bout de leur raisonnement et ils s'apercevront que les réalisateurs de pornos et autres « Massacre à la tronçonneuse » ont déjà fait le travail. Il est vrai de façon moins intellectuelle.

— C'est un point de vue et je vous avoue que ces enjeux me dépassent. Vous lui laissez toujours une scène ?

— Si ce n'était pas un bon comédien, j'aurais tout sucré ! Je me suis battu comme un chien pour faire passer ses deux saynètes. Les autres artistes pensent que ça casse l'unité de la revue. Il ne m'a pas remercié pour autant... Si encore il y mettait du sien ! Laurence était taillée dans le même bois. On dirait qu'il détient toute la vérité du monde. Vous n'imaginez pas le cinéma qu'il a fait pour supprimer la parabole des aveugles...

— La reconstitution du tableau de Bruegel, en première partie ?

— Exactement. D'après lui, c'est un sketch raciste dirigé contre les immigrés. Que nous prenons part à tout le battage de la presse ! Pas du tout. Je lui ai expliqué cent fois que nous étions partis de la ressemblance des vêtements du Moyen Age avec ceux des arabes traditionnels. Un membre de la troupe a trouvé amusant de délirer sur ce sujet, un point c'est tout. Il tire des conclusions de faits anodins. A ce compte-là, il n'est plus possible de montrer quoi que ce soit. Il aurait tout aussi bien pu nous accuser de propagande anti-aveugles ! Par contre, pas question de toucher une virgule de ses textes...

— Et entre eux deux, ça marchait bien ?

— Samy et Laurence ? Oui, plutôt bien. A part la dernière période après la séparation. C'est elle qui est partie. Il a eu de la patience, moi, à sa place, il y a longtemps que j'aurais mis les bouts.

— Ah oui, pourquoi ?

— Elle était perpétuellement sur les nerfs, toujours agressive, pour un rien. Ça allait bien et sans crier gare elle vous sautait dessus. Pire qu'un chat enragé. Ça ne m'a pas étonné qu'il lui soit arrivé des histoires, c'était une fille bizarre.

Il était près de onze heures quand l'inspecteur Cadin arriva chez lui. En passant devant le siège du journal l' « Informateur », il avait aperçu le contremaître qui donnait le signal de départ des rotatives. Un localier qui s'occupait des faits divers et venait de ce fait relever la main courante au commissariat lui avait fait signe pour l'inviter à boire un verre. Il ne s'était pas arrêté, il avait assez bu comme ça pour un début de semaine. Une rafale de vent s'engouffra dans l'atelier au moment où les cylindres se mirent en mouvement. Cadin s'éloigna en respirant un fort parfum d'encre.

CHAPITRE VIII

Cadin habitait un petit appartement de la cité du Biest, près de la gare. Un trois pièces froid et quelconque. Difficile de demander mieux à un local qui abritait depuis une trentaine d'années des ménages successifs de fonctionnaires de police.

L'inspecteur avait hérité ce sinistre refuge de son prédécesseur au commissariat d'Hazebrouck, un principal complètement éteint, abruti par une vie d'enquêtes merdiques qui, dans la dernière ligne droite, avait réussi à décrocher un poste au soleil, pas loin de Fos-sur-Mer.

Un seul regard sur l'évier blafard et le chauffe-eau souffreteux lui donnait des idées de suicide qu'il traînait la journée entière. Il préférait se laver aux Bains-Douches et il était exceptionnel qu'il fasse à manger dans la cuisine. Le café parfois. Et encore ! La dernière tasse de Nescafé trônait au milieu de la table en formica blanc moucheté, recouverte d'une fine poussière. Il s'était juré, un moment, de procéder à un nettoyage en grand, de profiter de l'état présentable de l'appartement pour embaucher une femme de ménage, à raison de trois ou quatre heures par semaine... C'était à l'époque de sa rencontre avec Blandine.

Blandine ! Il se souvenait encore de son léger

cheveu sur la langue... Un cheveu qui lui avait donné bien du plaisir.

Il était accroché et, pour elle, il avait commencé par ranger sa chambre. Le boulot s'en était mêlé et tout était resté en plan... Il avait fini par emmener la fille à l'hôtel, lors d'un week-end en Belgique dans une de ces villes espagnoles aussi froides qu'un village wallon : la greffe n'avait pas pris et des siècles plus tard les traces du rejet subsistaient encore...

Cadin se réveilla en proie à un mal de tête qui résista à la première attaque d'Alka-Seltzer. Il comprima ses tempes, bloquant l'afflux de sang des deux veines qui irriguaient son front, ce qui provoqua un léger soulagement. Son voisin du dessous, un rocker fan de Johnny, choisit cet instant précis pour s'offrir sa séance quotidienne de bricolage. Il devait suivre une thérapie basée sur les bienfaits du travail manuel... deux minutes de perceuse au saut du lit suivies de quelques exercices au tamponnoir.

L'inspecteur éteignit le feu sous la casserole d'eau, renonçant à se préparer un café. Il passa dans la salle d'eau, se rasa à sec, glissa le tube de cachets dans sa poche de veste et sortit sur le palier. L'ascenseur prenait son temps : il fallait maintenir le doigt appuyé sur le bouton d'appel pour ne pas se faire souffler son tour. A l'étage inférieur, le pick-up prit le relais des sons déchirants de Black et Decker.

Noir c'est noir...
Il me reste l'espoir.
Oh, gris c'est gris...
Tout est gris dans ma vie
Woh, woh...
Ça me rend fou
De perdre ton amour
Oui je l'avoue...

Cadin croisait le rocker de temps à autre dans les escaliers, toujours en train de claquer les doigts et de chantonner en balançant les épaules. Il était bien plus vieux que l'inspecteur, pas très loin de la quarantaine mais il s'habillait uniformément d'un jean — un levis, pas sectaire mais on a l'œil — d'un blouson de cuir à col de fourrure et d'une paire de bottines noires à talons surélevés. Il vivait avec une grosse femme adipeuse, l'air d'avoir trop écouté Sylvie en suçant des bonbons, les cheveux raides et qui se baladait sur son palier dans une robe de chambre molletonnée, ouverte sur des cuisses gélatineuses.

Ça chahutait ferme, parfois. Rarement au sujet du bricolage. Les différends naissaient autour du tourne-disque. Les enfants, un athlète de dix-huit ans et une jolie gamine, plus jeune de trois ans, préféraient les charges d'AC/DC et les délires brumeux de Bashung aux plaintes d'Hallyday.

Le fils n'y allait pas de main morte.

— Vire ton mec dans la platine, pa, il est ripou. Nul c'est nul... Il est sur les pas de Tino Rossi. Tino Siro en verlan...

Cadin remonta l'avenue et s'engouffra dans la salle du Café des Manouvriers. Il se coinça dans l'angle de la banquette puis commanda un petit déjeuner complet ainsi qu'un verre d'eau pour les cachets. La patronne, une brave femme, déjà démodée au temps des « Feuilles mortes », chignon serré, jupe noire en fourreau sur des bas sombres à coutures, le servit en souriant.

— Alors inspecteur, les lendemains sont difficiles ?

Il grogna pour toute réponse et se plongea dans la lecture du journal, faisant subir un sort identique à ses tartines beurrées, dans le café cette fois.

Il parcourut les pages locales et régionales, entièrement consacrées aux comptes rendus des manifestations du carnaval. La mort de Duyck occupait à peine une colonne ; le rédacteur n'apportait aucun élément nouveau. Cadin reporta son attention sur les « brèves ». Il était rare qu'il ne débusque pas une nouvelle insolite, un dérapage de l'actualité. Ce mardi de la fin mars ne faisait pas exception.

Cadin collectionnait ces lignes souvent drôles, tirées de dépêches d'agence et placées telles quelles par un journaliste pressé. Quand il avait le temps, et l'envie, il les classait par thèmes et les collait sur un cahier d'écolier. Il espérait vaguement les proposer à un éditeur. L'idée lui était venue en trouvant un recueil d'inscriptions murales de mai alors qu'il fouillait dans les stocks d'un soldeur.

Il attendit que la patronne disparaisse dans l'arrière-salle pour prendre la commande d'un autre client puis il découpa le huitième de page où figurait la nouvelle du jour.

Thaïlande :
Les condamnés à mort seront fusillés
en silence

Depuis 1934 les trois mille Thaïlandais condamnés à la peine capitale ont été exécutés avec un simple revolver 9 mm. A dater d'aujourd'hui il sera remplacé par une arme automatique équipée d'un silencieux.
Ce bouleversement fait suite aux interventions des détenus de la prison centrale qui se plaignent d'être réveillés à l'aube par le bruit des détonations, ainsi que de la perte de moral que cette situation entraîne. Le ministère s'est donc porté acquéreur de plusieurs MP 5 SD 2 de fabrication allemande qui permettront aux condamnés de mourir en silence.

Le train de neuf heures entrait en gare quand Cadin sortit du café.

L'inspecteur gagna le commissariat où Rubecque l'attendait dans le hall.

— Bonjour Cadin. Je me demandais ce que vous étiez devenu, je m'apprêtais à lancer un avis de recherche. Impossible de vous mettre la main dessus de toute la journée. Pourtant j'avais une affaire pour vous. Je l'ai confiée à Brouakère et il s'en est bien sorti, comme quoi il faut faire confiance à ses subordonnés. Dommage pour lui, s'il s'y était pris plus tôt, il aurait des galons...

Cadin se massa le front en grimaçant ; il réprima un renvoi provoqué par les cachets effervescents.

— C'était un problème sérieux ?

— Oui et non... On dirait que ça ne va pas très fort de votre côté. On a reçu un appel urgent d'un petit vieux logé dans la résidence municipale pour les personnes âgées, rue Biebuyck. Il venait d'être attaqué par deux femmes. Son matelas d'économies, un million ancien s'était envolé. Brouakère s'est rendu sur les lieux pour trouver un ancêtre de près de soixante-quinze ans qui exhibe des marques de corde sur les poignets et les chevilles et qui se plaint d'avoir été ligoté, interrogé puis bâillonné après avoir révélé l'emplacement du magot. Brouakère a senti le piège dès le départ. D'habitude dans ce genre d'histoire, les malfrats foutent tout en l'air pour impressionner leur victime. Tout valse, les tiroirs, les objets décoratifs, les tableaux. Là, rien, l'intérieur était dans un ordre parfait comme si les voleurs n'avaient pas oser déranger... Il s'est mis à interroger les voisins : pas un ne signalait le moindre bruit suspect. Brouakère a donc serré l'ancêtre d'un peu près. Il a fini par se mettre à table. En fait, ce vieux saligaud avait eu la visite de deux jeunes femmes dont la spécialité consiste à se désaper à domicile, devant les vieilles barbiches de veufs... Pour un tarif prohibitif, deux cents francs environ. Moins cher tout de même qu'un voyage au Lido. On avait déjà eu des échos de ce trafic mais ça ne faisait de tort à personne. Cette fois elles ont passé le trait. Pendant que la première captait l'attention du vieillard, la seconde a fait main basse sur l'argent. Il a inventé toute cette fable au lieu de nous avouer ses turpitudes. Ça ne sera pas long à mettre le grappin sur les deux filles, on a un signalement d'une précision absolue... Ce sont les risques de leur métier !

Cadin ne regrettait pas un instant d'avoir échappé à cette descente chez l'ancêtre lubrique. Brouakère n'avait pas fini de se faire charrier pour sa première affaire en soliste. D'ici qu'on lui demande d'identifier le corps du délit !

Il suffisait d'un rien en ce moment pour qu'il se mette à penser à Blandine, à ses minuscules seins parsemés de taches de rousseur. Elle n'en était pas avare. Il lui semblait avoir passé le plus clair de son temps, durant ces trois journées, à leur servir de soutien-gorge. Il serra les poings pour chasser le souvenir de ses mains et se décida à affronter son quotidien de flic.

— Alors, inspecteur où étiez-vous donc passé ?

— Je n'ai pas arrêté une seconde, commissaire. Un véritable feuilleton.

— J'ai tout mon temps, je vous accorde tout le vôtre. Rien qu'à vous regarder, il est évident que vous avez prolongé les planques dans un nombre impressionnant de bars. Je ne me trompe pas, hein ! J'y suis passé avant vous. Je me suis imbibé au service de l'Etat, je n'ai pas honte de l'avouer. Le plus dramatique ce sont les filatures. Quand un bonhomme s'installe au restaurant, on ne sait jamais si c'est pour un quart d'heure ou pour la soirée. Il faut rester sur le qui-vive, prêt à démarrer au moindre signe. Résultat, pendant qu'il se tape une escalope normande et un côtes-du-rhône, on se détraque la santé avec un hot-dog et un demi pression. Je connais la musique, j'ai pris mes plus belles cuites en service. Pas vous ?

— J'évite, il ne m'en faut pas beaucoup... enfin je passerai sur les épisodes intermédiaires, tout est dit. Je ne parviens pas à me sortir de l'esprit, que le coup de canon que Duyck a pris en pleine tête n'est pas catholique. Quoi qu'en dise votre ami dont j'ai oublié le nom...

— Vorstevel.

— Oui, Vorstevel. Il peut conclure sur la thèse de l'accident, ça ne sera pas suffisant pour me convaincre. En l'espace d'un après-midi, j'ai soulevé les quatre coins de la bâche et disons que ça s'agite plutôt là-dessous.

Rubecque sembla soudain intéressé.

— Ah oui, vous pouvez me donner des précisions ?

Cadin ne reprit pas la parole aussitôt. Il laissa le silence s'instaurer pour donner plus de poids à sa réponse. Il avait remarqué que ce coup-là marchait assez bien sur lui, dans les films.

— J'ai retrouvé un cadavre supplémentaire. La liste ne cesse de s'allonger...

Le commissaire s'était dressé.

— Vous auriez pu commencer par cela. Où est-il ?

— Non, ce n'est pas une mort récente. Il s'agit du frère de Laurence Cappel, Alain, il est décédé à la suite d'une overdose, six mois avant la disparition de sa sœur.

Rubecque bloqua ses mâchoires et Cadin perçut nettement le crissement des molaires.

— Des cadavres de ce genre il y en a plein la

morgue ! Si vous avez dans l'idée de les annexer à votre profit, vous battrez aisément le score du Bar du Téléphone.

Cadin attendit sans bouger que la colère de son supérieur tombe.

— Je ne prétends pas que ce soit un assassinat, j'ai bien dit une overdose. Vous ne trouvez pas inquiétante la facilité avec laquelle les protagonistes de cette histoire disparaissent ? Accident, suicide, overdose. C'est parti comme l'affaire Kennedy ! Je ne serais pas autrement surpris d'apprendre que Samy vient de se planter en voiture à cause d'un platane placé au mauvais endroit.

— Qui est ce Samy, un de vos amis ?

— Non, celui de Laurence. Il travaille à l'hôpital. En plus il joue avec la troupe de l'Orphéon, il tient un rôle dans la revue. Je me fous du décès d'Alain, il ne m'intrigue pas en tant que tel. C'est cette série de coïncidences. Il marque le début de la catastrophe. A compter de cette date, le comportement de cette fille se met à changer. Elle quitte son ami, devient irascible, hypernerveuse. Elle achète un flingue alors qu'on la décrit comme une personne équilibrée, responsable ayant l'habitude de rester seule. Je ne fais pas le lien avec Guy Mallet, impossible de trouver le joint. A cette époque il charge gentiment ses bobines dans la cabine du Studio 43, dans le Faubourg Montmartre. Comment pouvait-il lui faire si peur à deux cents kilomètres de distance, puisque l'enquête a établi qu'il n'avait jamais mis les pieds ici avant la mort de Laurence ?

— Et Duyck dans tout ce dispositif ? Vous ne cessez d'affirmer que c'est avant tout cette mort qui vous tracasse, mais vous ne lui accordez pas trop d'attention ! La petite Cappel vous turlupine autrement. Non ?

Cadin encaissa le coup. C'est vrai que la morte de

la rue Sans-Nom ressemblait étonnamment à Blandine, il s'en était fait la réflexion dès la nuit du meurtre, en attendant les gars du labo. Mais ce n'était pas une raison suffisante pour mettre son travail en doute !

— Regardez les photos du dossier, elle n'était pas vilaine... Je me suis occupé de Duyck, il est dans la mire. Au cours de mon entretien avec lui, j'avais évoqué la confession de Guy Mallet. Principalement lorsqu'il parla de ce chèque remis en acompte lors de la commande de la recherche. Duyck m'a laissé l'impression de quelqu'un pris en faute ; il en a trop fait. C'est subjectif, mais ça compte. Il a sorti un listing de son tiroir, l'état des paiements clients, par ordre alphabétique. Il m'a mis au défi de trouver le nom de Mallet, vous voyez ça d'ici, le côté grand seigneur. Il a également réussi à donner de l'importance à son geste en me demandant par discrétion, d'éviter de lire les autres noms portés sur le document. Je n'ai pas pu m'empêcher de retenir celui d'une société qui apparaissait dix ou douze fois et pour des sommes confortables. La Société Maillard, de Merville. Une véritable entreprise fantôme. J'ai perdu la moitié d'une journée à la débusquer. Un pavillon abandonné dont on se sert apparemment comme d'une simple boîte aux lettres. Je pense qu'on loue ce local pour donner le change, faire croire à la réalité d'une structure et que sa seule fonction est de recevoir du courrier...

— Ou recevoir une femme ?

— Non, la baraque est trop miteuse et les seuls travaux effectués récemment concernent la boîte. Ça me démange de savoir qui se cache derrière cette Société Maillard. Même si c'est une impasse. Vous avez une solution pour gratter le vernis ?

Le téléphone sonna. Le commissaire décrocha. Il répondit en alternant les « oui » et les « non ». Il termina sur un « pas tout de suite » tranchant et reposa l'appareil.

— Vous m'amusez Cadin. Vous prenez un nom, au hasard, et à partir de là vous échafaudez un complot aux dimensions planétaires, dont le but final serait l'assassinat maquillé en accident d'un détective de dernière catégorie. Je vous propose un titre, « Meurtre du Troisième Type » ! Ça vous convient ? Soyons sérieux maintenant ; Duyck et Dernu roulent sur un portefeuille de mille clients, au bas mot. Ils font appel à d'autres détectives en cas de débordement, pour ne pas rater la moindre affaire. Dans le tas, il doit bien y avoir cinq ou six cents combines qui mériteraient qu'on y pointe le nez... je ne suis pas né de la dernière pluie, si des gens pleins aux as font appel à des privés et qu'ils négligent de prévenir la police, c'est à coup sûr que leur problème est en marge de la légalité, ou franchement que ça sent le roussi. Supposons que je sois le roi de la conserve, du plat cuisiné et que je me sois fait voler une toile dont le certificat d'authenticité laisse à désirer. Deux solutions, ou je laisse courir ou bien, si je tiens au tableau, je vais cogner à la porte d'un détective connu pour sa largesse d'esprit. Je ne suis pas fou et je me doute qu'ainsi le gars aura barre sur moi. Une idée insupportable à la plupart des grosses légumes. Je crée donc une société écran et je me contente de jouer le rôle du P.-D.G. dans tous ses états. Crevant ! Appelez-la Boshtroïng ou Maillard, l'essentiel étant de ne pas apparaître en première ligne.

— Duyck et Dernu ne sont pas idiots, ils s'empresseront de vérifier l'identité de leur client, c'est d'ailleurs leur boulot !

Rubecque agita la tête en signe de dénégation.

— Vous connaissez bien mal la psychologie des aventuriers, inspecteur. Leur curiosité s'amoindrit à la vue d'un gros chèque d'acompte. Il faut être plus malin et insister sur le côté « industriel de province » piégé et prêt à tout pour retrouver sa tranquillité. J'ai pratiqué Duyck un bon nombre d'années, assez pour savoir que seul le fric était capable de l'émouvoir.

— Admettons commissaire. Je me prends à rêver que Maillard cache les personnes les plus diverses, le maire, le député, le préfet, jusqu'à Courtini. Ça changerait radicalement le paysage et les données de la mort de Duyck !

— C'est évident. Dans ce cas je vous fais nommer à ma place dans l'heure qui suit. J'ai démonté des centaines de coups tordus dans ma vie de flic, des milliers peut-être. De là à monter des légendes comme les vôtres... Sacré Cadin !

L'inspecteur profita de ce moment de détente pour contourner le bureau et se placer près du commissaire. Il posa la main sur le combiné du téléphone.

— Vous avez pas mal d'amis à Merville, en trois coups de téléphone vous déterrerez le nom du locataire de cette bicoque. Tout seul je bosserai à l'aveuglette et les services n'ouvriront pas leurs dossiers à un jeune flic étranger à la région. Ça ne vous engage pas à grand-chose...

Le commissaire ne demandait qu'à être convaincu. Il saisit le téléphone en bougonnant, pour la forme.

— Qu'est-ce que je vais leur raconter ! Ils savent bien qu'aucune enquête n'est ouverte sur la mort de Duyck. Enfin, on leur servira une quelconque salade. Rappelez-moi l'adresse, Cadin. Tenez, notez-la sur cette feuille.

L'inspecteur griffonna le renseignement, 12, passage Bournoville. Rubecque composa un numéro et patienta en dessinant des visages maladroits, des femmes aux lèvres démesurément charnues.

— Allô, la mairie de Merville ? Ici le commissaire Rubecque d'Hazebrouck, passez-moi le bureau du cadastre... Bonjour, oui je vais bien...

Il fit un rapide inventaire de la santé des membres de sa famille et parvint à glisser la seule question qui intéressait Cadin.

— ... Peux-tu me donner le nom du propriétaire de la baraque du 12, passage Bournoville.

L'employé du cadastre demeura silencieux au bout du fil durant quelques instants, le temps nécessaire à la vérification.

— La Société Maillard, depuis deux ans. Je n'en sais pas davantage, des gens de Lille. C'est important ?

Rubecque se fit grave et cligna de l'œil vers Cadin.

— Ne l'ébruite surtout pas... ça touche la mort de Duyck. Des histoires d'assurance, il était en cheville avec ce Maillard. Simple routine mais on ne sait pas sur quoi ça risque de déboucher.

Rien de tel pour émoustiller son correspondant et lui faire miroiter un rôle clef dans le dénouement d'une affaire criminelle.

— Je ne te promets rien, mais je peux joindre le cabinet qui a fait la transaction. Je me mets en rapport avec le vendeur et je vous rappelle dans quelques minutes.

Le commissaire commanda deux cafés que l'agent de permanence alla prendre à la brasserie voisine. Rubecque poussa l'amabilité jusqu'à offrir un cigare à l'inspecteur.

— Non merci, je fume rarement. Il y a longtemps que j'ai envie de vous demander ça... est-ce que vous suivez le parcours des gens que vous arrêtez ? Je veux dire, devant les tribunaux ?

Il parut surpris et demeura d'abord indécis.

— Oui, en principe. De toute façon en Cour d'Assises on est pratiquement convoqué pour témoigner...

— Vous ne me comprenez pas, je sais ça pour les Assises, mais ceux qui en sont passibles constituent l'exception. Je faisais allusion à notre boulot de tous les jours, les gosses qu'on boucle pour les vols d'autoradio, les bagarres, tous ces casses minables. Quatre-vingt-quinze pour cent de nos clients sont de cet acabit. Alors il vous arrive encore d'assister aux jugements de la Chambre Correctionnelle ?

— Non, sincèrement, ça ne me passionne pas à ce point. Ils n'ont que ce qu'ils méritent. Et puis on a tout le temps de les observer pendant leur passage dans la maison. Pourquoi me posez-vous cette question, inspecteur ?

— Par simple curiosité. Vous vous souvenez des trois mômes arrêtés rue Masson-Beau. Ils venaient de braquer un passant pour lui tirer son portefeuille...

— Oui, parfaitement.

— Vous vous rappelez que le plus vieux, un certain Yazid soutenait mordicus qu'il n'y était pour rien. Il prétendait qu'il tentait de raisonner ses deux copains mais sans parvenir à les faire renoncer à leur projet d'agression ?

— Bien entendu, c'est leur système de défense. Ils essaient de s'en sortir à moindres frais et de protéger le chef. Ne me dites pas que vous vous laissez prendre à un bluff aussi grossier...

— Cette fois, il disait vrai et le Président l'a relaxé. Il est sorti libre à la fin de l'audience.

Rubecque leva les bras au ciel, les paumes ouvertes vers le ciel.

— Une preuve supplémentaire du bon fonctionnement de la justice française. On ne poursuit pas les innocents avec l'acharnement décrit par une certaine presse. On relâche aussi les immigrés. Où est le délit de sale gueule ? Que voulez-vous de plus ?

— Rien, à la nuance près que cet innocent-là vient de purger cinq mois de prison préventive, qu'entre-temps il a perdu son emploi et son logement. A vingt-cinq ans il n'avait pas eu encore affaire à nos services. Pas la moindre bavure. Je suis prêt à prendre le pari qu'on le retrouvera mêlé à un braquage de paumés dans les six mois qui viennent. On ne les fabrique pas tous. Juste notre part !

L'employé du cadastre de Merville se manifesta à cet instant précis ; il mit fin à la conversation bien involontairement.

— J'ai les coordonnées de ton propriétaire. Ne va pas crier sur les toits d'où tu sors le tuyau. Je joue ma place sur ce coup. Enfin, que ne ferait-on pas pour la famille... Tu notes ? Monsieur Jean Maillard, domicilié au un du cours Musset à Lille.

Rubecque siffla pour marquer son admiration.

— C'est en plein milieu des beaux quartiers !

— Il aurait tort de se gêner, c'est le Maillard du couple « Van Loopen et Maillard » ! Duyck ne devait pas s'embêter si tous ses clients étaient de cette envergure.

Le commissaire reposa le téléphone, dans un geste pesant. Soudainement las, il s'enfouit le visage entre les avant-bras, les coudes sur le bureau. Il soupira.

— Ne touchez plus à rien, Cadin. Votre Maillard est en définitive l'associé de Van Loopen. Du gros gibier. Trop gros pour vous ! C'est une des plus grosses affaires du pays... Qu'il s'avise d'éternuer dans le bureau du Préfet et je me retrouve gardien de cimetière à Saint-Pierre-et-Miquelon. Leur entreprise assure les deux tiers du fret routier du triangle Paris-Sedan-Calais. Ils font la pige à Calberson, pour vous donner une petite idée de leur puissance. Ils ont construit leur empire en rachetant toutes les boîtes bancales, les unes après les autres. Ils ont eu l'intelligence de conserver les raisons sociales, de ne pas marquer leurs noms sur les semi-remorques pour ne pas donner l'image du trust. Franchement, j'aurais préféré qu'il me sorte le nom de Dassault ou celui d'Empain, au moins on situe le bonhomme. Pas avec Van Loopen et Maillard. Ils fricotent avec tous les partis, tous les notables. Majorité d'hier ou d'aujourd'hui, ils ont besoin d'entretenir de très bonnes relations avec le pouvoir. Bien entendu la réciproque est vraie, le pouvoir se sert d'eux... Vous êtes averti, transports dangereux ! Je vous laisse vous amuser encore un jour ou deux avec l'entourage de Laurence Cappel. A une condition...

— Laquelle, commissaire ?

— Oubliez l'adresse de Maillard, ça ne vous mènera nulle part, sinon à une avalanche d'ennuis. Faites confiance au commissaire principal Vorstevel, s'il renifle le plus minuscule indice anormal dans l'accident de Duyck, il remontera la filière, c'est un obstiné. On marche comme ça inspecteur ?

Cadin hésita, puis se décida à accepter le marché proposé par Rubecque et d'abandonner la piste de la société fictive.

— D'accord, je vais plancher sur le dossier d'Alain Cappel, à tout hasard. C'est Brouakère qui s'occupe des affaires classées ?

— Non, il vaut mieux voir Lenert, j'ai déchargé Brouakère de cette corvée. Il m'est plus utile pour remplacer les inspecteurs en vadrouille !

Le téléphone sonna une nouvelle fois alors que Cadin quittait la pièce. Le commissaire lui fit signe de rester dès qu'il entendit les premiers mots de son correspondant.

— Ne partez pas, c'est justement Vorstevel...

La conversation ne fut pas bien longue et le commissaire la résuma en quelques phrases.

— Pour Duyck c'est bouclé. Le médecin légiste a confirmé la cause du décès : une décharge de chevrotines provenant du canon de jardin. Le laboratoire corrobore son analyse. Ils ont soigneusement recoupé les emplois du temps de Courtini, de Dernu ainsi que leurs déclarations... Pas l'ombre d'une paille. Il faut vous rendre à l'évidence, c'est véritablement un accident. Selon les derniers échos lillois, Dernu reprend l'agence à son seul nom. Ça simplifiera l'enseigne.

Cadin ne put s'empêcher de claquer la porte sur ses talons et de traverser le couloir en jurant de rage.

— Quelle bande de cons !

CHAPITRE IX

Le dossier d'Alain Cappel recélait une dizaine de feuillets. Un parcours banal et tragique semblable à des infinités d'autres. Il était né trois ans après Laurence, en 1953 mais il n'avait pas réussi d'aussi brillantes études. Viré du Lycée polyvalent d'Hazebrouck à dix-sept ans et sans réelle formation professionnelle il traîna, de remplacements en petits boulots de dépannage, jusqu'à sa rencontre initiale avec la justice. Distributeur de tracts, pompiste, veilleur de nuit, manœuvre, saisonnier dans les houblonnières, il avait tout fait.

Il s'était fait pincer en novembre 78, près de la gare Saint-Lazare à Paris, au cours d'une ronde de nuit de la 34ᵉ Brigade Territoriale. Un passant sérieusement éméché l'accusait de lui avoir volé cinq cents francs. Alain Cappel soutenait au contraire qu'il voulait aider le fêtard à récupérer son argent. La victime venait, selon le jeune homme de quitter une prostituée et la femme avait profité de l'état de son patient pour faire main basse sur le contenu du portefeuille. La fouille s'avéra infructueuse, Alain possédait à ce moment la somme de cent cinquante francs.

L'avocat commis d'office ne s'était pas trop mal débrouillé puisque le garçon se vit infliger une peine d'un mois de prison assortie du sursis.

A partir de là, le mouvement s'accéléra. Trois mois ferme et l'annulation du sursis à la suite d'une sérieuse bagarre dans un café de Saint-Omer au début de 79. Deux autres mois pour détention et revente de drogue à la fin de la même année. Il était devenu un habitué de la correctionnelle.

Cadin compulsa le dossier, s'intéressa aux ultimes épisodes de la vie d'Alain. Lors de sa dernière arrestation, le frère de Laurence était en compagnie d'autres jeunes gens. L'inspecteur retrouva le procès-verbal établi à cette occasion par ses collègues et il releva les noms des amis d'Alain. L'un de ces noms lui semblait familier mais sans qu'il parvienne à situer la raison de cette impression. Il interpella Brouakère qui passait dans le couloir.

— Dites-moi, ça vous dit quelque chose Algen, Jean-Pierre Algen ? On a déjà eu l'occasion de s'occuper de lui... je me trompe ?

— Pas du tout, il fait la navette entre le commissariat et la prison. Ils le relâchent et trois jours après on le récupère à l'occasion du coup le plus foireux du mois ! Des coups de plus en plus sérieux, même s'ils ratent. Un de ces quatre il se prendra pour Mesrine et il sera trop tard... Vous le cherchez ?

— Oui, j'aimerais bien avoir une conversation avec lui.

— En ce moment il doit prendre le frais à la centrale de Flers. On l'a coffré avec toute une bande la semaine passée. Vous savez, le gang de mômes qui ratissait la région... on a mis la main sur leur butin, des machines à calculer, des bouteilles de butane et une série de motos et de mobylettes...

— Très bien, j'y vais, si on me demande, je visite mes pauvres à Flers. Faites prévenir le directeur de la centrale qu'on le sorte de cellule d'ici une heure. A propos Brouakère, mes félicitations pour votre exploit d'hier. Vous les tenez vos strip-teaseuses ?

L'agent Brouakère baissa le nez en rougissant et s'éloigna vers la salle de permanence.

Jean-Pierre Algen attendait sagement l'arrivée de l'inspecteur, en lisant une revue automobile dans les locaux de l'administration pénitentiaire, surveillé mollement par un maton en pleine digestion. Cadin fut surpris par le physique du prisonnier. Il s'était fait à l'idée d'une petite frappe teigneuse au regard en biais. Il avait en face de lui un adolescent prolongé qui se donnait le genre romantique, boucles noires jusqu'aux épaules, la chemise ouverte sur le torse.

Cadin se présenta puis lui offrit une cigarette. Il avait pris soin de se munir d'un paquet d'américaines.

— Je ne suis pas venu ici pour examiner ton cas. Tu n'ignores pas qu'il est en cours d'instruction. Autant aller droit au but, ça nous fera gagner du temps. Le commissariat vient de déménager dans des locaux neufs et ça nous oblige à un minimum de rangement, de dépoussiérage. Par hasard, j'ai eu le dossier d'Alain Cappel sur mon bureau et je me suis décidé à y jeter un œil. Le travail a été bâclé. Je n'aime pas classer un dossier en désordre, ça nuit à ma conception du travail. Tu comprends ?

— Ne vous fatiguez pas, inspecteur. Pas la peine d'inventer des conneries pareilles. J'ai passé l'âge des contes de fées ! Qu'est-ce que vous cherchez au juste ? Qu'on vous rencarde sur Alain ou sur sa sœur ?

— Tu es aussi malin que tu en as l'air...

— Non, une simple question de mémoire. Je me souviens de votre gueule sur le journal pour l'arrestation de l'autre dingue. En tôle on n'a rien d'autre à maquiller. On se repasse notre cinéma à longueur de journée. A la fin ça s'incruste.

— D'accord, oublie le début. Je me renseigne sur la famille Cappel, sur tout ce qui tourne autour de

Laurence. Je n'ai rien à te proposer contre ton aide, je suis trop petit pour influencer les magistrats, en ta faveur. Tu étais un ami d'Alain ?

— Qui vous a raconté cette salade ?

— Personne, on a des archives. On t'a pris avec lui, entre autres, pour une histoire de drogue.

— Oui, mais ça ne prouve rien question amitié. Je ne le connaissais pas plus. On se voyait à l'occasion, pendant des soirées. C'était un gars du « Nouveau Monde », il fricotait avec la bande du « Quartier Perdu ». Moi, je suis du Canal. Une vraie frontière...

— Je m'en suis aperçu. Je n'inquiéterai personne, je te demande seulement de me donner les noms des bons copains d'Alain... je ne ferai pas allusion à toi, tu peux être tranquille.

— Le rôle de la balance ne me convient pas, inspecteur, il faudra trouver un autre mouton. Mais si ça peut vous aider, allez donc faire un tour au « Scopitone », c'est une boîte sur la route de Belgique, pas loin du poste de Risquons-Tout. Le patron est un chic type, un ancien curé. Tous les marginaux du secteur se réunissent chez lui.

Cadin lui fit cadeau du paquet d'américaines et prit congé de la centrale de Flers. Le printemps ne parvenait pas à s'accrocher. Un violent orage le cueillit à sa sortie de la maison d'arrêt, une pluie fine et dense, rabattue par des rafales de vent. Il s'engouffra dans sa voiture et rejoignit la route nationale. Il régla la bande modulation de fréquence sur un poste belge, d'expression française, qui diffusait une émission en hommage à un rocker anversois mort d'un cancer du foie. Le reporter en était arrivé aux questions pièges.

« — Que pensez-vous, Ferré Grignard, du Royaume de Belgique ?

— C'est mignon mais minuscule, à mon goût. J'ai envoyé mon dernier disque au Roi Baudouin. Ça m'a coûté 99 francs plus les timbres. J'ai attendu quelques jours avant de lui téléphoner. « Allô, Majesté, ça roule ? Et mon disque, il vous plaît ? » Savez-vous ce qu'il m'a répondu ? « Je ne sais pas encore, Cher Ami, je n'ai pas d'électrophone ». »

Cadin quitta la zone de couverture de la station, car le style changea brusquement ; Ferré Grignard fut remplacé par une ritournelle d'Adamo aussi suintante que le ciel.

Il s'arrêta pour prendre un auto-stoppeur espagnol, trempé comme une soupe. Dès qu'il fut installé il lui demanda de repérer un programme plus intéressant. Malheureusement il s'aperçut trop tard qu'il véhiculait un fan de Julio Iglésias. Une minute plus tôt, il était décidé à faire un détour pour laisser le garçon à la frontière, mais il renonça quand l'aiguille de l'autoradio s'immobilisa sur un « Amor de Murcia », à moins que ce soit un « Corazon de Valencia ». Il laissa le voyageur devant le porche d'une église, arguant d'un soudain changement de destination. Il rejoignit seul le Scopitone par les routes de campagne.

Le bar-discothèque « Scopitone » était annoncé par une pancarte publicitaire à demi arrachée. La pointe de la flèche était dirigée vers un chemin de terre défoncé. Il s'engagea à faible allure pour ménager les cardans. La maison apparut dans un creux de terrain. C'était un ancien corps de ferme, totalement invisible de la route. Il compta huit motos ou vélomoteurs rangés sous l'auvent ainsi que deux voitures délabrées. L'enseigne qui surmontait le bâtiment représentait une sorte d'écran de télévision, dans lequel des ampoules de couleur composaient le nom de l'établissement. Les fenêtres du rez-de-chaussée laissaient filtrer un peu de lumière. Les carreaux étaient recouverts de multiples autocollants offerts par les marques de bière. D'autres publicités pour des alcools, des panneaux en émail, étaient scellés sur la façade.

Rien de très rassurant. Cadin dégagea la sûreté de son Manurhin, davantage par réflexe qu'en conclusion d'un raisonnement logique. Il arrêta son véhicule et descendit sans regarder où il posait le pied. Sa chaussure gauche s'enfonça dans un liquide pâteux, froid et visqueux. La boue traversa la chaussette et entra en contact avec l'épiderme. Un frisson de dégoût lui parcourut le dos avant de se localiser au creux de son estomac. Il ne pouvait supporter de toucher à ces matières molles, surtout avec les pieds. Ça remontait à sa petite enfance, au cours de vacances à Royan... il avait marché sur une énorme méduse venue s'échouer là, apportée par la marée. Son pied nu avait arraché un morceau de la substance gélatineuse et il était resté de longues minutes, frappé de stupeur, incapable de crier, de bouger. Sa mère l'avait délivré de ce cauchemar en lui enfouissant la plante du pied dans le sable. Il se revoyait, pleurant dans ses cheveux roux, angoissé de rouvrir les yeux sur une jambe atrophiée...

Cadin enleva sa chaussure et la nettoya soigneusement à l'aide de Kleenex. Il frotta le dessus de sa chaussette et fit disparaître l'essentiel de la boue. Il se rhabilla et poussa enfin la porte aux vitres dépolies, où étaient affichés les horaires d'ouverture du bar et la liste des boissons pilotes. L'appel d'air provoqua un tourbillon de fumée. Il toussa en ingurgitant l'équivalent d'un paquet de Celtiques. Un bruit assourdissant montait des multiples appareils disposés dans la salle : flippers, pac-man, jeux vidéos, jack-pots.

Il estima à une vingtaine le nombre de jeunes gens et jeunes filles fascinés par les fentes d'aluminium dans lesquelles ils enfournaient leur monnaie. Cadin commanda une bière brune anglaise au barman, un homme de cinquante ans environ, le visage barré d'une large moustache et les yeux abrités derrière d'épaisses lunettes aux verres fumés.

Cadin cassa un billet de cent francs ; il se planta devant un jack-pot dont trois des quatre couleurs étaient déjà allumées. Il glissa dix francs, sélectionna la mise sur cinq francs puis il lança la mécanique. Trois fraises et une poire sortirent. Il bloqua les trois fruits rouges et relança la dernière figure. La fraise manquante s'immobilisa sur la fenêtre de l'appareil ; le tableau électronique afficha son score : 500 points. Le patron contourna le zinc pour remettre le compteur à zéro.

— Vous ne venez pas souvent ici, monsieur. C'est la vérité ?

— Non, pas très fréquemment. Je suis un ami de Jean-Pierre.

Le barman s'essuya les mains à son tablier bien qu'elles soient sèches.

— Les Jean-Pierre, ici, on les compte par douzaines... Ce n'est pas ce qui manque !

— Jean-Pierre Algen, ça vous va ? Et ne vous endormez pas sur les cinq cents francs que je viens de gagner. On ne me fait pas ce coup-là... C'est bon pour les débutants. Je vais essayer toutes ces machines, j'ai la chance de mon côté, aujourd'hui. Elle sert à quoi celle-là ?

L'inspecteur désignait une sorte de juke-box surmonté d'un caisson dont la face était un écran opaque. Il y en avait une autre, dans le coin opposé.

— Vous ne gagnerez rien sur ces engins, ce sont des « scopitones ». Je les ai récupérés dans une vente aux enchères, pour une bouchée de pain. Ça se faisait beaucoup pendant les années soixante. Venez, je vais vous montrer. La partie inférieure est constituée d'un véritable juke-box mais avec un choix de chansons bien plus limité. L'avantage c'est que l'on peut voir la vedette l'interpréter sur l'écran. Mettez donc deux francs et sélectionnez un titre !

Cadin lut les noms rapidement et s'arrêta sur celui de Raoul de Godewaersvelde ; il enfonça la touche correspondante. L'accordéon se paya l'ouverture, puis l'écran s'anima, strié d'éclairs roses et mauves. La voix roulante et rocailleuse du chanteur arriva au même instant que son image. Une vague ressemblance avec Bobby Lapointe, une taille de brasseur, une casquette de marin avancée sur le front.

Car Frankenstein, tut tut pouêt pouêt
C'est une vraie crème !
Jack l'Eventreur tut tut pouêt pouêt
A un grand cœur...

Le barman était aux anges.

— Il l'a tourné spécialement pour nous, c'est une exclusivité du « Scopitone ». C'est le drame, les films sont très difficiles à trouver. La vogue de ces appareils a duré deux ou trois ans. Sur l'autre, j'ai regroupé tous les pionniers du rock 'n roll français. Les Chats Sauvages, Long Chris, les Chaussettes Noires. Dany Logan. Laissez-vous tenter ; je vous offre une des meilleures apparitions de Johnny. Ça a davantage marqué l'époque que la première bombe atomique française dans le Sahara, à Regane. Et je vous parle en connaissance de cause, je crapahutais dans le djebel comme aumônier militaire. Les troufions ne vivaient que pour ça, ils foutaient des posters partout, jusque dans les tentes de campement...

Sur l'écran un gamin de dix-sept ans se tordait les pieds, grimaçait de bonheur en étreignant sa guitare électrique pailletée.

Killy Killy Killy
Watch watch watch watch watch

Oh kem kella Ah
Depuis deux jours je ne fais que répéter
Ce petit air qui commence à m'énerver.

Dans l'esprit de Cadin, la voix de Guy Mallet se mêlait peu à peu à celle du chanteur. Lui aussi, dans sa confession magnétique, faisait une large place au rock des années soixante.

L'inspecteur sortit de sa rêverie et se tourna vers le patron.

— A vrai dire, je ne suis pas un client ordinaire. Je suis inspecteur et je m'appelle Cadin.

— Félicitations, vous cachez bien votre jeu. Je me suis fait avoir ! Pour être franc, j'ai eu un doute au début... En tout cas vous ne pouvez rien me reprocher. Pour le jack-pot, je ne vous ai rien versé. Vous disposez de cinq cents points au compteur.

— Je vous fais cadeau de ces cinq cents balles, vous vous en servirez pour entretenir vos machines et acheter des films. Je n'émarge pas à la Brigade des Jeux, j'enquête sur des affaires à moitié classées comme les morts de Laurence et d'Alain Cappel. Ce dernier venait fréquemment chez vous, j'aimerais que nous en parlions. C'est dans le domaine du possible ?

— Sans doute, inspecteur. Mais on va se mettre au calme. Attendez une minute, je demande à ma femme de prendre la relève au bar.

— Je pensais que les prêtres catholiques ne se mariaient pas...

— Je ne suis plus prêtre. J'ai quitté ma robe pour la sienne. Enfin on peut dire les choses de cette manière. C'est une des explications...

Cadin le retint par une question.

— Quelles sont les autres raisons ?

Le patron s'absenta un court moment et revint près de l'inspecteur.

— Il n'existe qu'une autre raison à ma décision. Ça remonte à décembre 1960, notre section a été chargée de nettoyer un village censé abriter des éléments rebelles. Deux de nos hommes partis en reconnaissance s'étaient fait amocher dans la matinée. Les officiers se démenaient pour insuffler l'esprit de revanche et dans ces circonstances, il ressemblait étrangement à la haine... Sans gros résultats, les gars étaient démoralisés, certains couraient la montagne depuis deux ans. Ils avaient une seule idée en tête, s'en sortir et oublier. Au moment de l'assaut, une bonne partie de l'effectif a refusé de bouger. Un gradé, il avait gagné ses sardines en Indochine, s'est levé au risque de se faire allumer par ceux d'en face pour menacer les soldats récalcitrants. Un môme de dix-neuf ans s'est approché, dans le but de le désarmer, sans la moindre agressivité, les mains nues... Il a pris une balle en pleine poitrine...

Il se frotta les yeux puis reprit son récit.

— ... On aurait dit un signal. Tout a basculé, les gars se sont transformés en bêtes sauvages et ils ont passé leur écœurement, leur colère sur les habitants du village. On n'a pas mis la main sur une seule arme... que des paysans, des femmes, des vieillards et des enfants. Nous sommes rentrés à la nuit, la marche de la honte. Personne n'osait regarder son voisin... Ce n'était hélas pas fini. Je vous ai dit que nous étions en décembre sans vous préciser le jour exact... Il y a eu cette messe de minuit avec l'évêque du diocèse d'Oran qui n'a pas hésité à donner l'absolution à tous ces soudards dont certains n'avaient pas pu se laver, se changer. La plus importante partie de ma soutane est tombée aux orties en cette nuit de Noël. Le reste a suivi...

— Vous avez cessé de croire ?

— Non, aujourd'hui je crois à ma façon, au milieu des machines à sous, des films de rockers et des barriques de bière. Cette taverne est mon église. Tenez, je prends le pari que j'en sauve autant que la maison mère !

L'inspecteur risqua une réflexion.

— Et le même pourcentage d'échecs, comme pour Alain...

— Bien entendu. Regardez tous les mômes qui sont autour de nous. Ils sont en plein désarroi malgré les apparences. Le seul fait de pousser cette porte en apporte la preuve. Vous vous baladez de temps à autre de l'autre côté de la frontière ?

— Oui, ça m'arrive, pourquoi ?

— Vous avez remarqué tous ces bars annoncés par des lettres en néon, le long des routes... dès le vendredi soir, c'est l'exode. Pas un village du département qui ne fournisse au minimum une de ses adolescentes. Tout le monde ferme les yeux sur ce trafic de fin de semaine. La crise semble excuser des dérapages aussi considérables. Les filles dont je parle, ce sont leurs sœurs, leurs petites copines. Qu'on ne vienne pas me servir les couplets sur l'insécurité quand on a offert comme alternative à toute une génération, le chômage ou la prostitution. Le plus dramatique, c'est qu'ils ne songent pas une minute à se révolter ! Ils vivent cette situation, ce véritable écrasement comme une malédiction. On les a mis de côté et ils acceptent cette exclusion sans jamais la remettre en cause. Mieux, ils la revendiquent. Ils se savent voués au malheur... Je vis en quelque sorte parmi les réprouvés, ce sont les lépreux des temps modernes...

— Vous auriez fait un bon prêtre ou mieux, un excellent avocat ! Je les observe également mais d'un point de vue différent. Les défauts d'organisation de la société n'expliquent pas tout. Prenez deux gosses, en tout point semblables, origine, culture ; comment expliquez-vous que le premier se retrouve derrière les barreaux tandis que l'autre s'en sort ?

— Les circonstances ont aussi une très grande part dans leur destin. Les voleurs de pain ne se font pas tous prendre mais leur point commun, c'est la faim. C'est cette faim qu'il s'agit de calmer pour en finir avec les voleurs de pain.

— Admettons, mais il restera bien assez d'occasions aux hommes pour enfreindre la loi. Tous les moteurs du monde, l'amour, la folie, le pouvoir, l'appât du gain... la liste serait trop longue ! Nos bavardages ne pèsent pas lourd en regard de cette réalité. Allons, revenons-en à Alain Cappel. Vous le connaissiez depuis quelle époque ?

— Environ deux années avant sa mort. Il sortait de prison pour une bagarre dans un restaurant de Saint-Omer. J'avais deux autres clients impliqués dans l'histoire. Alain avait très mal supporté son incarcération. Il refusait de l'avouer en public, il jouait au caïd mais ses copains m'ont raconté... Ils sont tous taillés selon le même modèle, il leur faut amortir le temps perdu. On ne se plaint pas, c'est bon pour les « tantouzes ». En fin de compte c'est un mot qui veut dire fragile... ils ne veulent pas admettre qu'au fond, les baisers de leur mère leur manquaient, le soir en cellule, au moment où le sommeil ne vient pas. Alain n'a pas fait exception, il s'est construit une image de dur. Après il fallait la justifier, la soutenir mais il était loin d'avoir les épaules assez solides. Je sais par exemple qu'on l'a contacté pour participer à un casse dans une résidence secondaire. Il s'est dégonflé à la dernière minute. A mon avis c'est une chance, ce sursaut... Pas dans sa logique. Du jour au lendemain les regards d'admiration se sont transformés en vannes méprisantes. Vous imaginez...

— Il se droguait déjà ?

— Jusque-là, je ne le pense pas, inspecteur.

Sincèrement. Il a tenté de renverser la vapeur en organisant, seul, le cambriolage des bureaux d'une usine pendant un week-end. Il s'est fait cueillir par une ronde de police et l'Etat lui a offert un nouveau séjour en maison d'arrêt. En revenant il fumait de l'herbe. Je n'établis pas de relation de cause à effet. Il a voulu faire le malin en se roulant un joint au grand jour. Je l'ai fichu dehors. Je suis intraitable sur ce point, je ne tolère pas de drogue chez moi. Il a compris la leçon ; il s'arrangeait comme les autres, pour laisser sa marchandise à l'extérieur.

— Merci du renseignement.

— Je ne vous raconte pas ces détails dans ce but, inspecteur. Qu'il n'y ait aucune ambiguïté sur ce point. Je les aime beaucoup ces gamins, et je souhaite par-dessus tout qu'ils puissent s'en sortir. Dès qu'ils touchent, en plus, à la drogue, c'est foutu ; ils plongent au plus profond. Je n'en ai pas vu un seul remonter à la surface. Puis, un soir, Alain est arrivé en compagnie de Dany. Ils ont eu un beau succès de curiosité en garant leur voiture : une Porsche 924 blanche, impeccable. J'ai tout de suite pensé à une voiture volée mais je me suis rendu à l'évidence, le dénommé Dany allait de pair avec sa bagnole, aussi verni qu'elle ! Il était plein de fric. Certainement un fils de famille qui se donnait des sensations fortes en fréquentant les loubards. Il les faisait baver avec toute sa panoplie, pas un geste à moins de cent sacs... S'il allumait une cigarette, il sortait un briquet Dupont en or massif avec ses initiales incrustées en rubis, s'il écrivait un mot, il dévissait le capuchon de son Montblanc sans plus d'émotion que s'il se servait d'un vulgaire Bic. Jusqu'à son sourire refait en porcelaine... Alain et lui ne se quittaient plus.

— Vous ne retenez pas l'hypothèse d'une simple relation homosexuelle ?

— Non, il ne faisait pas mystère de leur penchant

pour les femmes. Dany s'était tout bonnement offert un nouveau jouet. Après la Porsche, le kit du prolétaire déclassé. Il était sympathique mais très dangereux, car il ne se contentait pas d'une fumette à l'herbe. Il était sévèrement accroché à l'héroïne. J'ai eu l'occasion de voir ses bras, une véritable passoire. Alain n'a pas tardé à suivre son exemple. Une dégringolade effarante...

— Vous n'avez rien tenté pour le retenir ?

— J'ai contacté sa famille à Hazebrouck. Je suis tombé sur une vieille folle entourée de chiens. Elle m'a viré de son jardin en me menaçant de lâcher ses bestiaux. Elle me prenait pour un type de la fourrière. Impossible de lui faire entendre raison. Par chance j'ai pu rencontrer la sœur d'Alain, Laurence. C'était une femme très équilibrée. Elle travaillait à l'hôpital. Je l'ai mise au courant des problèmes de son frère sans lui cacher qu'au rythme de ses prises, il ne tiendrait pas longtemps. Elle était prête à tout, malheureusement, il n'existe aucun centre d'accueil pour toxicomanes dans le département. Ils échouent en prison, dans les cellules d'isolement. Ça explique une bonne majorité des suicides de détenus. On ne décroche pas par la seule suppression du produit. Il suffit d'essayer de se passer du paquet de Gauloises quotidien pour s'en convaincre...

— Qu'a-t-elle décidé ?

— Elle s'est adressée à l'hôpital et la Direction l'a orientée vers une hospitalisation en secteur psychiatrique. Là au moins ils opèrent la substitution. On remplace la drogue par des médicaments. Il y a un espoir si le patient accepte l'expérience. Tout repose sur lui.

— Pour Alain, ça a marché ?

— Non, il n'a pas voulu, et puis un événement a tout bouleversé, la disparition de Dany...

— Quel genre de disparition... ?

— Rien de mystérieux, Inspecteur. Je pense que la famille de Dany a jugé qu'il s'était suffisamment diverti dans les bas quartiers. Le prince doit quitter Falstaff s'il veut devenir roi ! S'il n'a pas assez de volonté, on emploie les grands moyens.

— Que voulez-vous dire. Je n'aime pas qu'on parle à mots couverts, ou par référence aux princes de l'histoire. C'est assez compliqué comme ça.

— En clair, ça signifie qu'Alain, Dany et d'autres jeunes gens se réunissaient fréquemment au domicile d'Alain, dans un immeuble en instance de démolition, près du Musée d'Hazebrouck, dans la zone de rénovation du centre ville. Ils m'avaient confié qu'ils se sentaient filés par un type chauve d'une cinquantaine d'années, au visage congestionné. Pour eux, c'était un flic, ils ne s'inquiétaient pas outre mesure. Un jour le type a pris des photos au téléobjectif. Le lendemain il ne s'est pas montré. La filature a cessé comme par enchantement. Un répit en fait, car un peu plus tard, le chauve a fait irruption dans l'appartement d'Alain au cours d'une de leurs parties habituelles. Une entrée digne d'un film noir : coup de talon dans la porte, verrou arraché... il a sorti un flingue et il a forcé tout le monde à s'aligner contre le mur en hurlant : « Bande d'ordures ! Vous allez lécher le parquet à la moindre trace de poudre maintenant ! Fini de tirer le fric de mon client. A partir de ce soir il faudra gagner votre dose comme les copains, à la sueur de votre corps. » Ensuite, il a relevé l'identité de tous les jeunes présents sauf celle de Dany. Alain m'a raconté cette scène dix fois au minimum... Il se souvenait qu'en notant son nom, l'espèce de flic lui avait tapoté la joue en disant : « Comme ça tu t'appelles Cappel, petit cachottier... tu te cames ? Eh bien ne t'arrête pas, c'est bien. » Puis il est parti en compagnie de Dany, au volant de la Porsche. Le fils de famille ne s'est plus montré, le flic non plus. Voilà tout ce que je sais, inspecteur.

— C'est très instructif, je me fais une petite idée sur l'identité de ce Dany ainsi que de son sauveur... j'espère ne pas me tromper. Vous avez revu Alain au cours des mois suivants ?

— A intervalles irréguliers. Il passait son temps à organiser son propre ravitaillement. La navette entre la France et la Hollande, je ne vous fais pas de croquis ! Il trafiquait pour gagner suffisamment d'argent ; quand il n'y avait pas le compte, il passait au cran supérieur, les vols, les agressions... Le parcours habituel du drogué sans fortune. C'était autrement plus confortable avec Dany. Pourtant il a eu une chance énorme. Il était à deux doigts de s'en tirer...

— Expliquez-moi ça.

— Laurence s'était mise en rapport avec un organisme privé, Narcostop, une sorte de communauté de toxicomanes repentis. Ils sont installés dans une aile d'un château féodal, à Bergues, sur la route de Dunkerque. Alain a été soigné dans cette institution pendant cinq mois. Lorsqu'il est revenu ici, après, j'ai hésité avant de le reconnaître. Il avait retrouvé ses traits d'avant la drogue. Une métamorphose intégrale... aussi intégrale que la rechute ! Ça a duré trois, quatre semaines au plus, avec au bout l'enfer.

— Vous mainteniez le contact avec Laurence ?

— Oui inspecteur. Elle a tenté tout ce qui était possible pour le sauver, et elle n'a pas regardé à la dépense... ce n'est un secret pour personne qu'au cours des derniers mois elle se débrouillait pour payer la came de son frère. Elle a été jusque-là !

— Comment cela ? Ce n'était pas la meilleure façon de l'aider.

— Ne jugez pas trop vite. Alain refusait de repartir pour Narcostop et la seule manière de trouver la drogue, c'était la délinquance ou la prostitution. Pas d'autre échappatoire. Laurence comprenait ce que ça signifiait : la prison, la fin de tout espoir. Elle voulait lui imposer une nouvelle cure de désintoxication à Bergues. Elle payait pour qu'il ne s'expose pas le temps qu'elle parvienne à le convaincre. En conclusion, il est mort d'une overdose provoquée par la poudre que Laurence lui fournissait. Elle ne s'est jamais pardonné la mort de son frère...

L'inspecteur prit son calepin dans la poche intérieure de sa veste et il nota :

> « *Alain soins Narcostop. Bergues, rte Dunkerque. Argent Laurence ? ? ?* »

Il remercia l'ex-aumônier, mais avant de quitter le bar, il s'arrêta devant l'un des « scopitone », y glissa deux pièces d'un franc. Une figure anguleuse apparut en gros plan puis le zoom se rapprocha du regard sombre, tourmenté. Les baffles laissèrent filtrer une voix curieusement fêlée, décalée sur un air de valse.

A Malypense, un jour, s'il revient mon amour,
Je lui dirais tout bas, « Rappelle-toi »
Rappelle-toi le temps, le temps de nos quinze ans...

Il n'attendit pas la fin du film. Il repartit vers Hazebrouck, en songeant aux trop courts moments passés dans les bras de Blandine.

CHAPITRE X

La bière lui creusait l'estomac et il s'arrêta dans une friterie du village de Risquons-Tout. Il ne restait qu'une table libre, près du juke-box ; il s'y installa faute de mieux. Un fan avait sélectionné tous les tubes disponibles de sa chanteuse préférée. Malgré ses efforts, Cadin n'arriva pas à l'identifier. Agaçant !

Il consulta son carnet de notes, retrouva l'adresse de la famille Maillard, à Lille. De la place où il se trouvait, il pouvait observer l'activité du poste frontière, l'activité nonchalante des douaniers. Ils ne quittaient pas leur cabine et se contentaient de faire signe aux véhicules, dans un sens comme dans l'autre.

Le serveur posa un plat de frites et de poisson sur la table alors qu'une vieille Peugeot stoppait le long du trottoir, venant de Belgique. Les quatre occupants de la voiture ouvrirent les portières avec un bel ensemble et se dirigèrent vers le restaurant en traînant les pieds.

Le patron les reçut. Il dut leur expliquer que les seules places disponibles étaient situées à côté d'un client déjà installé. Il fit un mouvement de tête en direction de Cadin. Ils n'y virent pas d'inconvénient et se casèrent près de l'inspecteur. Le plus grand le remercia rapidement puis ils l'oublièrent. Ils se mirent à parler fort, en ponctuant chaque phrase de claques sonores sur le dos du blouson du voisin. Le conducteur monopolisait la parole et ses interventions provoquaient des éclats de rire, faisaient rebondir la conversation.

— Je te jure, ils étaient au moins quinze, avec leurs santiagues et leurs bananes ! Qu'est-ce qu'on leur a mis... Ils n'ont pas eu le temps de comprendre ce qui leur arrivait !

— Surtout l'autre avec sa gueule écrasée...

— Ah oui, celui-là ! Il manquait pas d'air. Il est venu vers moi en chialant... « Pourquoi vous m'avez abîmé, je ne vous ai rien fait. » Je ne suis pas le bureau des pleurs... Ni une ni deux, je le chope par le col : « Casse-toi ou je remets ça. » Il court encore !

— Combien on en a aligné ? Tu as une idée ?

Celui qui paraissait mener les débats, pinça les lèvres pour bien marquer qu'il évaluait sérieusement le bilan.

— J'en ai vu trois bien amochés, je ne compte pas les égratignures, faut pas être mesquin. Ils réfléchiront maintenant avant de nous approcher.

Puis il se tourna vers Cadin qui ne cachait pas son intérêt pour ce qui se disait. Le conducteur de la Peugeot joignit le geste à la parole, il prit une poignée de pommes cuites et fit mine de les porter à la bouche de l'inspecteur.

— Mange tes frites au lieu d'écouter. Ça va refroidir.

Cadin recula vivement la tête tout en se saisissant de la poivrière dont il dévissa le bouchon.

— Je les mange froides, et je n'aime pas qu'on me donne des conseils, surtout en me tutoyant.

L'autre ne renonça pas, il semblait au contraire amusé de la résistance de son voisin de table.

— Mais tu vas les bouffer, que ça te plaise ou non... dans ma main !

D'un geste sec Cadin fit gicler le contenu de la poivrière à hauteur du visage de son agresseur avant de battre en retraite vers le comptoir. Dans la salle, l'atmosphère était devenue irrespirable.

Les consommateurs se précipitèrent vers la sortie, se bousculèrent, renversant tout sur leur passage.

Les douaniers finirent par s'interroger sur la signification de cette agitation. Cadin exhiba sa carte de police et désigna les quatre gars.

— Vous savez s'il s'est récemment produit une sérieuse bagarre entre rockers, dans le secteur ?

Le douanier le lui confirma.

— Oui, hier soir, à Poperinge, chez les Belges. Ils ont relevé une dizaine de blessés dont deux gravement touchés. Selon les collègues il s'agirait d'une bande venue de chez nous. Ça fait partie des échanges, la dernière fois c'étaient des Belges qui avaient fichu le désordre dans la banlieue de Lille.

— Eh bien, ces quatre-là sont dans le coup. Ils aiment bien raconter leurs exploits. Leur voiture est garée devant le restaurant. Vérifiez leur signalement à Poperinge.

Cadin se retenait depuis un bout de temps, mais le chatouillis qui prenait naissance au fond de son nez eut le dessus ; il partit en éternuements.

Le patron lui fit cadeau du repas mais il était clair, à son regard, que la reconnaissance ne lui dictait pas ce geste. L'espoir de ne plus revoir ce flic dingue, tout au plus.

Cadin s'éloigna du village. Sur la route il voulut prendre contact avec le commissariat afin de leur donner des nouvelles, d'inventer un prétexte quelconque, une panne, une maladie crédible pour justifier cette seconde journée d'absence. Il stoppa devant une cabine téléphonique. Le fil d'acier flexible pendait lamentablement derrière la porte, sectionné au ras de l'écouteur. Il renonça à trouver un poste en bon état. Le commissaire devrait se faire une raison.

Un violent orage l'obligea à rouler à petite vitesse. Il ne franchit les limites de Lille qu'à la nuit tombante. C'était l'heure de la sortie des bureaux et des usines.

Le cours Musset se présentait sous la forme d'un passage privé situé entre deux boulevards du quartier chic. Cadin laissa sa voiture sur un parking et il remonta le cours, longeant d'imposants immeubles protégés par de lourds portails en fer forgé. Il croisa un vigile qui retenait un chien musclé, le museau caché sous une muselière de cuir. L'homme l'observa de la tête aux pieds, sans la moindre gêne ; Cadin sentit son regard peser dans son dos tandis qu'il s'éloignait. Il atteignit le numéro un et avança son index vers le bouton de sonnette. Une petite plaque émaillée prévenait les candidats aux cambriolages éventuels :

Cette maison est placée
sous la surveillance
DE VIGILS-COPS
de jour comme de nuit

Cadin appuya résolument sur le bouton. Une voix nasillarde se fit entendre, montant d'un minuscule interphone aménagé dans un pilier de la clôture.

— Qui demandez-vous ?

Il gagna du temps. Il ne savait pas encore s'il devait jouer franc jeu.

— Je désire rencontrer monsieur Maillard, s'il est présent. Il s'agit d'une démarche exceptionnelle et urgente.

La même voix impersonnelle reprit ses questions.

— Qui êtes-vous ? Ayez l'obligeance de décliner vos noms et qualité.

— Mon nom ne vous dira rien. Je m'appelle Cadin. Je suis employé par la Société Duyck et Dernu. Aujourd'hui la Société Dernu depuis l'accident survenu au premier associé... Je présume que ces précisions s'avéreront largement suffisantes.

L'information ne mit pas longtemps à transiter et un mécanisme électrique commandé à distance libéra la porte. L'inspecteur fut reçu sur le perron par une jeune femme habillée à la manière des bonnes du début de siècle, corsage et jupe noirs, tablier ajouré noir. Il n'avait pas l'habitude d'évoluer dans ce monde, son expérience de cette classe se limitait à sa participation aux réceptions de fin d'année, en Préfecture, et à quelques cérémonies de remises de Légion d'honneur. Il profita de l'absence momentanée de la domestique pour réajuster sa chemise et raviver le brillant de ses chaussures aux revers de son pantalon. La jeune femme revint dans le hall d'entrée.

— Monsieur va vous recevoir. Suivez-moi.

Ils traversèrent un long couloir parqueté dont les murs étaient tendus de tissus puis pénétrèrent dans un spacieux salon de travail. Un petit homme tout en rondeurs était assis dans le creux d'un fauteuil en cuir, à demi dissimulé par un véritable massif de plantes vertes. Cadin ne l'avait pas remarqué, tout occupé à regarder la collection de tableaux qui ornaient les murs. Toute l'école hollandaise semblait au rendez-vous.

— Vous vous intéressez à la peinture, monsieur Cadin ?

L'inspecteur sursauta au son de la voix et découvrit son interlocuteur. Il vint se placer devant lui.

— Pas autant que je le voudrais. Je m'appelle

Cadin, avec un C. Vous avez de très belles toiles. Ce sont évidemment des originaux...

L'industriel sourit, puis il se leva et s'approcha d'un paysage dont le seul cadre devait coûter une fortune. Il y avait vraiment dans ce salon de quoi rendre jaloux un commissaire-priseur.

— C'est ma plus belle pièce. Il s'agit d'une œuvre de Jacob Van Ruisdael, un paysagiste du XVIIe siècle. Il existe un autre chef-d'œuvre de ce maître au Rijksmuseum d'Amsterdam, le « Moulin de Wijk ». Mais je préfère celui-ci. Vous n'êtes pas de cet avis, monsieur Cadin ?

— Excusez-moi, mais je ne connais pas ce peintre... Je ne suis pratiquement jamais sorti de France. Je ne pensais pas avoir ce genre de conversation avec vous.

— Dans ce cas, passons aux choses sérieuses. Ainsi vous appartenez au fameux Cabinet Duyck et Dernu... Une fin véritablement affreuse, surtout lorsque l'on songe à ces chiens !

Cadin écoutait ; il se rendit compte que Maillard avait cet avantage sur lui, qu'il avait appris à parler pour ne rien dire. Il était rompu aux négociations de toutes sortes avec les maires, les députés, les ministres. Il tournerait autour du pot autant de temps qu'il serait nécessaire, sans jamais risquer d'y tomber. Autant abattre les cartes en ouverture et cesser de jouer au chat et à la souris.

— Monsieur Maillard, vous vous êtes adressé à notre Agence il y a deux ans.

L'industriel protesta, sans trop de conviction.

— Vous devez faire erreur, je ne traite pas d'affaires avec un cabinet de détectives privés. Je m'adresse aux hommes de loi. Le nom de Maillard est très répandu, je ne doute pas qu'un nommé Maillard ait fait appel à vos services.

— Pour quelle raison m'auriez-vous reçu alors ?

Votre porte est aussi bien défendue que celle d'une banque. Il suffit pourtant de prononcer le nom de notre agence pour que les protections soient levées. Vous êtes ce Maillard n'est-ce pas ?

L'homme traversa la pièce pour se planter devant Cadin.

— Que voulez-vous au juste. Soyez bref et précis, ou je vous fais raccompagner.

— Si vous voulez, notez mon adresse pour le taxi : douze rue Bournoville à Merville. On ne peut pas la manquer, il y a une boîte aux lettres neuve.

L'industriel perdit toute contenance. Il se laissa choir dans son fauteuil. Mais en moins d'une minute il retrouva sa superbe.

— Je me doutais que cela finirait ainsi. Dites-moi votre prix et laissez-moi tranquille. J'ai, je pense, assez d'argent liquide ici pour répondre à votre chantage.

— Je n'ai pas besoin de votre argent...

— De quoi alors ? Je ne vois pas ce que je peux vous proposer d'autre !

— Je vais vous le dire : la seconde moitié de l'histoire. Je sais que vous avez eu de gros ennuis qui vous ont conduit à vous en remettre à Duyck et Dernu. Votre confiance en ces messieurs étant limitée, vous avez eu l'idée de protéger votre véritable identité en créant une société fictive domiciliée à Merville. Vous avez conservé votre nom, les Maillard sont aussi courants que les Durant ou les Martin. Et puis on vous connaît surtout sous l'appellation « Van Loopen et Maillard ». Il existait donc peu de chance que les détectives s'interrogent sur ce Maillard-là plutôt que sur un autre client. Ils ne s'en seraient jamais sortis !

— Comment savez-vous tout cela ?

Cadin se contenta de sourire.

— Le hasard, monsieur. Je me doute de vos

raisons, mais je souhaite les apprendre de votre bouche. Pourquoi vous êtes-vous adressé à une agence de privés ? Ensuite je vous laisserai tranquille et vous n'entendrez plus parler de moi. C'est promis.

L'industriel ouvrit les portes d'un joli meuble entièrement laqué qui dissimulait un bar.

— Au point où nous en sommes, nous pouvons boire ensemble...

Il versa deux mesures de pur malt dans un verre et le tendit à Cadin sans lui demander son avis. Il continua.

— ... J'ai rencontré d'énormes difficultés avec mon fils, Daniel. J'ai beau tenir entre mes mains l'approvisionnement en matières premières de cette région, il m'est pratiquement impossible d'affronter mon propre fils. Je m'exprime mal... je veux dire dialoguer avec lui. Peut-être ne lui ai-je pas consacré le temps nécessaire ? C'est sûrement là qu'il faut chercher. Mais ce n'est pas la peine de me lamenter. Daniel a fait les quatre cents coups, comme l'on dit. Certainement davantage. J'ai toujours craint pour lui d'être obligé de le rechercher dans un commissariat de police, ou pire. Je l'ai tenu jusqu'à sa majorité... après...

— Il travaillait pour subvenir à ses besoins ?

— Non, il suivait des cours à la faculté. Je lui allouais une bourse mensuelle.

Cadin lui coupa la parole.

— De combien cette bourse ? C'est possible de le savoir ?

— La question n'est pas là ! Assez pour que Daniel n'ait pas à venir réclamer en fin de mois. Une somme raisonnable qui lui permettait de régler son loyer et ses notes de restaurant.

— Ainsi que l'essence de la Porsche 924... Vous auriez mieux fait de lui mettre le volant d'un quarante tonnes dans les mains. Lille-Marseille à raison de trois aller-retour par semaine. Juste pour qu'il comprenne ! Et qu'avez-vous demandé aux détectives ?

— De le surveiller et de me fournir un rapport hebdomadaire. Il ne montrait aucun discernement dans le choix de ses relations. Certaines de ses fréquentations étaient franchement des délinquants. Je craignais qu'on ne l'entraîne dans des affaires fâcheuses pour sa réputation.

L'inspecteur avala le whisky d'un trait. Maillard ne se rendait pas compte que la personne qu'il protégeait ainsi n'était autre que lui. Cadin décryptait le discours et la dernière phrase de l'industriel résonna ainsi à ses oreilles : « Je craignais qu'on ne l'entraîne dans des affaires fâcheuses pour MA réputation. » Il reposa brutalement le verre sur le plateau d'argent.

— Un peu de courage ! De quoi aviez-vous si peur ? Une réputation, ça se rétablit ! Il se droguait, c'est bien ça ?

— Oui ; pourquoi le cacher plus longtemps ! Dany, enfin Daniel, c'est son surnom à la maison, ne venait pas ici trop souvent. Puis, il y a un peu plus de deux ans de cela, il a commencé à cogner à la porte pour les prétextes les plus divers... Je vous ai menti, tout à l'heure, il voulait de l'argent supplémentaire. Une fois c'était pour acheter un meuble ou un costume, une autre fois une réparation urgente sur la voiture... J'ai chargé les détectives de le suivre et de m'avertir de toute activité illégale de la part de mon fils.

— Et le résultat ?

— Ils ont fait traîner les choses pendant plusieurs semaines pour me soutirer un maximum d'honoraires et ils m'ont remis un rapport accablant. Daniel en était à l'héroïne. J'ai consulté mon médecin traitant, le professeur Groten. Un homme remarquable, il s'est occupé de faire hospitaliser Daniel dans un établissement spécialisé, en Suisse. Ils ont fait des miracles ! Je passe le voir chaque mois. D'ici quelques semaines il sera en mesure de revenir dans la région ; je pense lui confier un certain nombre de responsabilités dans le groupe.

Cadin ne put s'empêcher de penser à la destinée d'Alain Cappel dont la mère ne collectionnait pas les Présidences de Conseils d'Administration mais les chiens abandonnés.

— Votre fils vous a-t-il parlé des jeunes gens qu'il fréquentait à Hazebrouck, particulièrement ?

— Très peu, ce n'était pas mon sujet de conversation favori ! Les noms figuraient sur l'un des rapports, mais je m'en suis débarrassé. Monsieur Duyck était intervenu au cours d'une de leurs soirées en se faisant passer pour un policier. Que vous dire de plus... Sinon que je m'interroge toujours sur ce qui vous pousse à reconstituer cette vieille histoire !

L'inspecteur Cadin fut soudainement pris d'une envie de faire du mal à cet homme qui symbolisait trop de choses à ses yeux et qu'il rendait, inconsciemment, responsable de la mort d'Alain.

— Je veux tout savoir pour une raison très simple : c'est que je n'appartiens pas au cabinet « Duyck et Dernu ».

Maillard changea de couleur. L'abattement distingué qu'il affectait une seconde auparavant, laissa place à une rage hystérique. Les mots se bousculaient sur ses lèvres.

— Vous ne sortirez pas d'ici ! Je vais porter plainte contre vous, espèce de maître chanteur. Je suis assez puissant pour vous réduire au silence. D'abord qui êtes-vous ?

Cadin se leva en appuyant ses gestes pour se donner l'air décontracté et répondit à l'industriel en détachant chaque mot.

— Je suis journaliste à *Libération,* nous préparons un numéro spécial sur la région Nord-Pas-de-Calais.

Maillard se jeta sur lui, mais Cadin avait prévu cette éventualité. Il souleva le pan de sa veste et découvrit la crosse du Manurhin 357 plaquée contre ses côtes. Son adversaire demeura pétrifié. Cadin en profita pour ouvrir la porte. La jeune femme en tablier se chargea de le raccompagner en silence et il se retrouva sur le trottoir. Une équipe de vigiles gardait les grilles fermées du cours. Ils le laissèrent passer.

En s'installant au volant, il imaginait le remue-ménage que les appels paniqués de Maillard allaient provoquer dans toute une série d'antichambres et, par-dessus tout, la surprise de la rédaction du journal quand on demanderait des renseignements sur un reporter nommé Cadin. Un type qui faisait ses interviews avec un revolver à la ceinture...

L'euphorie dissipée, il s'aperçut des failles de son raisonnement. Maillard ne manquerait pas de se mettre en contact avec Dernu, si ce n'était déjà fait. Le détective ferait instantanément le rapprochement avec le Cadin venu traîner ses guêtres chez Duyck la semaine précédente, au sujet de la mort de Guy Mallet. Cadin se dit qu'il devait s'attendre aux retombées et il mit le contact.

Il jeta un regard dans le rétroviseur. Il remarqua le manège d'un vigile, semblable à celui qui tenait le chien en laisse tout à l'heure. L'homme venait de retirer sa casquette pour se faire plus discret. Il monta dans une 504 grise. Cadin déboîta lentement et il resta en seconde pendant quelques centaines de mètres afin de bien observer les réactions de la Peugeot. La voiture braqua à son tour et le suivit à distance respectable, tous feux éteints. Cadin se dirigea vers le fort puis s'engagea à vive allure dans une longue rue en impasse. Le vigile marqua une hésitation à la vue du panneau « Sans Issue », mais la conscience professionnelle l'emporta sur toute autre considération : il entra à son tour. Cadin n'attendait que ça. Il freina brusquement et s'éjecta du siège avant l'arrêt complet de son véhicule. Le vigile n'avait pas encore réalisé ce qui lui arrivait qu'il se voyait confronté au 357 Magnum brandi par l'inspecteur, le canon appuyé sur la vitre à hauteur de son front.

— Descends de là. Et vite.

Il obéit. Cadin lui ordonna de placer ses mains sur la tête puis il confisqua les clés.

— Maintenant, retourne bien sagement chez ton maître. Il y a encore des bus pour le centre ville. Dis-lui que je n'ai pas besoin d'ange gardien. Un conseil, fais-toi payer un stage de perfectionnement, tu n'es pas tout à fait au point.

CHAPITRE XI

Il freina trop brusquement et les pneus glissèrent sur le gravier. L'avant de la voiture buta contre la barrière de sécurité, repliant la partie droite de la plaque d'immatriculation sous le carter. Cadin s'agenouilla, tenta de la remettre en place mais un morceau d'acier lui entailla un doigt. Il se releva en pestant et se dirigea vers son appartement.

Il se confectionna un pansement de fortune avec un reste de sparadrap trouvé au fond d'un tiroir, dans la salle de bains. Il se décida à prendre une douche brûlante. A peine était-il habitué à l'eau que le téléphone se mit à sonner. Il serra les dents et compta une quinzaine d'appels prolongés. Après un court répit, l'appareil repartit pour une nouvelle série. Toute la sensation de bien-être procurée par l'eau chaude s'était évanouie. Il débrancha le téléphone, bravant ainsi les consignes formelles de l'Administration des Postes et Télécommunications puis il se laissa tomber nu sur son lit décidé à s'endormir au plus vite.

Il ferma les yeux, laissant défiler ses pensées éparpillées entre Lille, Hazebrouck et Risquons-Tout, partagées entre Dany, Laurence, un aumônier fou de rock'n roll, Samy, et une armée de géants. Les fils de tous ces épisodes commençaient à se croiser, pour certains à se nouer. Il lui fallait avancer, découvrir s'il existait des relations entre Dany et Laurence par exemple, ou entre Duyck et Samy. Il se souvenait de cette soirée à L'Orphéon, de la sortie précipitée du comédien ; il se promit de lui rendre visite à l'hôpital dès le lendemain.

Il sombrait tranquillement dans le sommeil quand on frappa à la porte. Il enfila son pantalon, directement, et passa un pull posé sur le dossier d'une chaise. Ils n'avaient pas été longs à réagir ! A peine cinq minutes que le téléphone était débranché... Cadin aurait bien fait le mort mais sa voiture, en bas de l'entrée, révélait sa présence.

Il tira le verrou. Le voisin du dessous se tenait sur le palier, la banane gominée, les santiagues luisantes. Cadin remarqua le jean neuf et l'odeur de Baranne qui montait du blouson ciré. Une vraie révision générale.

— Bonsoir monsieur l'inspecteur ; je m'excuse de vous déranger mais on vous a entendu rentrer... alors...

Cadin l'invita à passer dans la salle à manger. Il l'installa sur une chaise puis lui offrit une bière. Il préférait la visite du rocker plutôt que celle du commissaire ou d'un de ses envoyés.

— Ce n'est pas si souvent que nous avons l'occasion de nous rencontrer ! Qu'est-ce qui vous amène ?

Le voisin tira la languette de métal puis il porta la boîte de bière à sa bouche. Quelques gouttes de mousse s'écrasèrent sur son jean qu'il brossa vivement du plat de la main.

— Voilà, c'est mon anniversaire aujourd'hui et on fait une petite fête ce soir. Avec tout un tas de copains... Alors on a pensé vous inviter. Si c'est possible ?

— C'est gentil d'avoir pensé à moi. Vous serez nombreux ?

— Une quinzaine. On va reconstituer l'orchestre d'avant l'armée. On sera au complet, sauf le batteur. Il est chez les dingues depuis l'Algérie. Ils ramènent les guitares et les amplis. On va se refaire quelques morceaux de première...

— Je ne savais pas que vous aviez fait partie d'un groupe. Ça s'appelait comment ?

— Comme les pneus, mais en deux mots, les Fire Stones. Le bassiste a trouvé le nom. Il bosse dans un garage. Vous viendrez nous dire ce que vous en pensez, inspecteur ?

Cadin s'assit à l'extrémité du lit pour s'absorber dans une opération délicate, le retournement de ses chaussettes.

— Croyez bien que ça m'aurait fait plaisir mais je suis de service. Je suis revenu le temps de me changer. On essaiera de voir une prochaine fois. D'accord ?

Le vieux rocker termina sa bière et il redescendit rendre compte du succès de sa délicate mission. Le flic du dessus était neutralisé, place aux décibels.

De son côté, Cadin rassembla ses affaires de toilette, les fourra dans son attaché-case puis partit s'installer pour la nuit dans un petit hôtel situé en périphérie. Il se fit servir son dîner dans la chambre et demanda qu'on veuille bien le réveiller le lendemain à huit heures.

*

Devant lui la route était dégagée ; un rayon de soleil perçait timidement la couverture nuageuse. Il n'avait jamais entendu parler de Bergue. Le guide « Routes Tranquilles » la définissait comme une ville moyenne, fortifiée par Vauban, qui possédait de nombreux vestiges de son passé glorieux. Le rédacteur de la notule s'attardait sur les « bastions entourés de fosses en eau » encore appelés Couronne de Hondshoote, et signalait le Mont-de-Piété, un bâtiment en briques moulurées, de type flamand qui abritait le « Joueur de vielle au chien », un tableau de Georges de la Tour.

Un véritable pèlerinage pour Maillard !

Cadin passa sous une porte de pierre faisant partie de l'enceinte fortifiée et arriva sur la place de Bergue. Une série de pancartes indiquait toutes les curiosités touristiques.

Cadin repéra une flèche surmontée de l'inscription « Narcostop » dirigée vers la porte de l'abbaye de Saint-Winoc.

Il gara sa voiture près du mur, entra dans la cour une sorte de minuscule château.

Ses pas crissaient sur le gravier, mais ce ne fut pas léger bruit qui décida une femme, aux cheveux gris tirés sur la nuque, à venir à sa rencontre. Elle portait une robe ample, imprimée de motifs colorés qui ondulait au vent.

— Que cherchez-vous monsieur ?

Elle avait parlé très doucement à la manière de ces voix d'aéroports... mais en plus, elle souriait et joignait les mains en signe de bienvenue.

— Je viens m'informer sur votre communauté.

Elle ne se départit pas de son air empreint de douceur et d'infinie patience.

— Je suis désolée, mais on ne visite pas Narcostop. C'est un lieu de paix et de sérénité qui ne doit pas être troublé par les étrangers. Pour le bien de nos malades, comprenez-le.

— Je ne suis pas un touriste, mademoiselle, je travaille en ce moment ; je désire obtenir un entretien avec la direction de votre établissement.

Elle inclina le buste pour une discrète révérence.

— Dans ce cas, qui dois-je annoncer ?

— L'inspecteur Cadin, d'Hazebrouck.

Elle exprima sa surprise par le simple prolongement de son regard puis elle tourna les talons et disparut dans le hall du château. Elle revint aussitôt, flanquée d'un vieil homme. Il ne devait pas être loin de quatre-vingts ans mais il était resté solide, avec des yeux vifs, mobiles. Il s'adressa à Cadin.

— Je ne vois pas ce qui motive une irruption de la police dans notre clinique, inspecteur, nous sommes parfaitement en règle avec les autorités et aucun de nos patients n'est sous le coup d'une inculpation. Nous y prenons garde.

— Rassurez-vous, je n'ai pas l'intention de vous ennuyer. Je fais une enquête de routine sur l'un de vos anciens pensionnaires, Alain Cappel. Votre collaboration me serait précieuse.

Le vieil homme parut surpris, puis après un instant d'hésitation, il invita l'inspecteur à pénétrer dans le hall. Dans le même temps il intima l'ordre de s'éloigner à l'hôtesse.

— Vous faites donc une enquête à titre posthume Ce garçon est décédé d'une overdose il y a plus d'un an et demi... Il est resté cinq mois avec nous. C'est trop peu pour assurer une guérison durable. Il a quitté Narcostop au mois de mai. Il est mort en septembre ! C'est une loi presque absolue ; ils recommencent toujours à un palier supérieur. Que voulez-vous savoir, au juste ?

— Connaissiez-vous sa sœur, Laurence ?

— Bien entendu. Elle venait régulièrement lui rendre visite. Elle était de notre avis, elle s'opposait à ce qu'il parte aussi vite. Mais on ne peut rien contre la volonté d'un patient. Ce sont eux qui acceptent leur destin ou qui parviennent à en modifier le cours. Nous ne pouvons les retenir, dès lors qu'ils exigent de sortir. Vous vous appelez bien Cadin ?

— Oui, pourquoi ?

— Je me souviens de votre nom. Je l'ai lu dans la

presse, c'est vous qui avez découvert le meurtre. Certaines familles attirent le malheur. D'abord Alain puis Laurence...

— Oui, je suis de votre avis. Comment ça se passait avec Alain ? Je veux dire son comportement, sa façon de vivre avec les autres.

— Avant, je préfère vous demander si vous êtes familiarisé avec nos méthodes ?

— Non, il y a encore trois jours, j'ignorais jusqu'à votre existence.

Le directeur du centre de soins le prit par le bras, dans le couloir.

— Venez, nous allons faire le tour du propriétaire. Le château accueille actuellement quatorze patients à divers stades de guérison.

Ils traversèrent le bâtiment pour accéder à un vaste espace scindé en diverses parcelles. Une grande partie du terrain était réservée aux cultures, la surface directement à gauche, à l'élevage. Une dizaine de baraquements étaient disposés en arc de cercle au centre de la ferme et quelques jeunes gens étaient occupés à charrier du fumier ou des sacs d'engrais, d'autres râtissaient les allées. L'inspecteur fut frappé de leur accoutrement. Certains étaient vêtus d'un simple morceau de tissu, une sorte de pagne blanc, d'un châle ou d'une chemise grossière sans boutons dont les pans étaient réunis par une cordelette tissée. Pas un ne portait de chaussures. Cadin les montra de son doigt recouvert de sparadrap.

— Ils vont attraper froid ! Pourquoi sont-ils habillés de cette façon ?

— C'est une des bases de notre thérapie. Avant d'arriver ici, tous ces gens ne concevaient l'idée de « manque » que pour une seule chose : la drogue. Pourtant le manque d'eau, le manque de nourriture, le manque de vêtements sont des situations autrement dramatiques, car ce sont les besoins essentiels qui se trouvent atteints. Partant de ce principe, nous les mettons en position de manque absolu. Le jour de leur arrivée, ils n'ont pas d'habits, de repas. Rien. Dans leur chambre, tout est démonté, lit, armoire et s'ils veulent dormir ils doivent commencer par bricoler leurs meubles. Personne ne leur viendra en aide, leurs compagnons ont suffisamment de peine à subvenir à leurs propres besoins. Ils ne doivent compter que sur leur force et sur rien d'autre. S'ils ont froid, qu'ils tissent, s'ils ont faim, qu'ils cultivent, s'ils ont soif, qu'ils tirent de l'eau...

Il désigna les baraquements à l'inspecteur.

— ... Ils disposent de tout le matériel nécessaire à l'intérieur de ces ateliers. Ils doivent faire l'apprentissage de la notion de survie et recouvrer celle de dignité. Au début ils se contentent de manger à même la table, de laper l'eau dans le creux de leurs mains. Ils en viennent vite à la conclusion que l'assiette et le verre sont d'un rendement bien supérieur : on les retrouve à l'atelier de poterie et d'émaillage. Un bon signe et le début du refus de leur animalité. Nous observons ce type de progrès chez tous les patients. Avec des différences dans la rapidité de la prise de conscience. Certains mettent quinze jours pour se résoudre à tisser une chemise, une culotte. Alain Cappel réagissait bien, il s'est très vite adapté. D'autres comptent sur un relâchement de notre part. C'est absolument illusoire puisque le contrat qui nous lie, stipule que toute mesure d'exception annule la cure. La moindre dérogation se transformerait en une négation de l'ensemble de notre méthode.

Ils s'étaient approchés d'un enclos protégé par une barrière en rondins.

— Une grande réussite, le département d'élevage ! Ils ont débuté avec une basse-cour et nous voilà parvenus au stade de la porcherie semi-industrielle. Regardez, Inspecteur, trente-huit bêtes élevées par des gosses qui, hier encore, passaient leurs nuits à rôder dans les rues à l'affût d'un mauvais coup !

Cadin se pencha par-dessus la rambarde. Il observa les porcs qui remuaient la boue avec leurs groins, à la recherche de parcelles de nourriture. Soudain l'un des plus gros verrats se détacha du groupe et il changea brusquement d'activité. Il se précipita sur une truie d'un volume sensiblement égal au sien. Il posa ses pattes de devant sur le dos de sa compagne et il commença à s'agiter en grognant. Cadin détourna la tête alors qu'une bouffée de désir lui tordait le ventre. Il parvint à chasser l'image de Blandine. Le directeur tenta de détendre l'atmosphère.

— Ah, il faut bien que la nature s'exprime ! Pour en revenir à Alain, il est bien dommage qu'il nous ait faussé compagnie au moment où nous allions procéder aux analyses de « restimulation ».

— C'est-à-dire ?

— Au terme de la période initiale de reprise en charge du sujet par lui-même, il redevient un homme normal. C'est-à-dire un névrosé. Les exceptions sont rares ! D'ailleurs le passage à la consommation de drogue indique l'existence d'un blocage de type compact que le malade ne parvient plus à affronter. Si nous ne savons pas détecter ce qui gêne le sujet, au point qu'il en arrive à se détruire, pas de doute, il recommencera dès qu'il en aura l'occasion. La seconde phase du traitement consiste donc en une « re-stimulation », une sorte de retour par l'esprit aux événements qui ont fait naître la névrose.

— Alain n'est pas resté jusque-là, mais avez-vous pu établir un début de diagnostic ?

— Vous n'utilisez pas les termes qui correspondent à nos pratiques. S'ils sont malades, nous ne sommes pas médecins. Nous les aidons voilà tout. Nous les écoutons. Je n'en sais pas davantage que vous. Alain était très affecté par la disparition de son père et aussi par la rupture alors qu'il était adolescent, d'avec son milieu de jeunesse. La famille habitait en région parisienne avant de se fixer à Hazebrouck. Mais ces épisodes sont de nature non décisive. Ils se greffent sur les véritables freins qui eux, datent de la petite enfance. Et très fréquemment des mois qui ont précédé la naissance...

Cadin fixa le vieil homme en souriant.

— Vous y croyez sérieusement ?

— Nos théories soulèvent bien des scepticismes. Nous avons fait des milliers d'expériences à travers le monde : il faut bien se rendre à l'évidence : le fœtus enregistre les aggressions dont il est victime ! Tout le mythe d'une vie intra-utérine préservée de l'extérieur est basé sur l'ignorance. Si la mère éternue, l'enfant entend, un ventre qui se cogne au rebord d'une table et c'est le premier traumatisme, le père qui s'excite comme ce verrat, et l'enfant a l'impression d'être soumis à la torture du marteau-piqueur... tous ces chocs sont collectionnés par l'embryon, ils affectent la personnalité future de l'enfant. Une grande majorité des drogués, c'est également vrai pour les pensionnaires d'hôpitaux psychiatriques, ne sont que les résultantes d'avortements ratés. C'est le souvenir de la peur effroyable, du meurtre tenté par la mère qui leur interdit de développer leurs capacités et les entraîne vers la mort...

Il se passionnait au fur et à mesure de son cours, emporté par le sujet et l'espoir de faire un nouvel adepte. Cadin fit semblant de s'intéresser à l'état du ciel.

— ... Vous êtes concerné au premier chef, inspecteur. On dépense des milliards chaque année pour soigner les malades mentaux, pour la réinsertion des criminels, des drogués, alors que la raison majeure de cette situation est la multiplication des tentatives d'avortements pratiquées par des mères refoulées sexuellement, pour qui les enfants sont une malédiction alors qu'il s'agit de la plus pure bénédiction du ciel...

Pris par les mots, ils avaient fait le tour des ateliers et se trouvaient à nouveau devant l'enclos. Le verrat montait toujours sa truie. Cadin s'en étonna mais n'en laissa rien paraître. Quelques jours après, il consulta la rubrique « sexualité » de l'Encyclopédie disponible à la bibliothèque municipale. Il apprit que les cochons tiennent jusqu'à dix minutes accouplés, mais qu'ils ne renouvellent l'opération qu'une fois. Les taureaux restent en place un dixième de seconde mais il leur faut recommencer une bonne cinquantaine de fois avant de s'estimer satisfaits.

— J'aurais une autre question à vous poser. Votre établissement est agréé par la Sécurité sociale ?

— Non, hélas. Malgré nos incontestables résultats et les nombreux dossiers déposés au ministère de la Santé. Nous fonctionnons sous la forme d'une Association loi de 1901, sans aucune subvention. Mais ils devront bien nous reconnaître un jour !

— Vous facturez donc vos services...

— Evidemment inspecteur. Nous avons un tarif journalier comprenant l'accueil, la pension complète, la blanchisserie et les soins.

Cadin traduisit par « chambre en pièces détachées », « pissenlits », « loques tissées » et « bourrage de crâne ».

— Combien demandez-vous pour un stage d'un mois ?

— Environ dix mille francs ; ça peut sembler cher, mais la famille est assurée d'obtenir une guérison complète.

— Sûrement, sûrement. Il n'empêche qu'un million ancien par mois, c'est une somme. C'est Laurence qui réglait la pension de son frère ?

— Oui, qui voulez-vous que ce soit ! Elle ne souhaitait qu'une chose, qu'il reste autant que possible. C'était une femme admirable.

Le directeur le ramena dans la cour d'entrée de la communauté de Narcostop. Cadin rejoignit sa voiture, se mit au volant et baissa la vitre. Il passa la tête par la fenêtre et interpella le vieil homme qui s'éloignait déjà.

— Au fait, avez-vous entendu parler d'un jeune garçon, Daniel Maillard dit Dany ?

— Non, jamais. Excusez-moi.

Cadin enclencha la troisième par erreur ; le moteur cala. Il redonna un coup de démarreur et sortit du château sous les regards insistants du directeur et de la jeune femme à la robe flottante et multicolore, qui l'avait rejoint sur le perron.

*

L'inspecteur s'arrêta un peu plus loin dans la ville, devant une tour pointue surmontée d'une mince flèche en ardoise. Il sortit son calepin de la poche intérieure de sa veste.

Alain était donc demeuré cinq mois entre les griffes de cette bande de mystiques, cinq mois à un million pièce. Laurence avait versé cinq millions pour son petit frère, sans sourciller ; mieux, elle se disait prête à continuer le temps nécessaire. Il inscrivit :

« *5 mois à 1 M = 5 M* »

puis il rechercha les notes prises au Scopitone avec l'ancien curé.

« Sortie Narcostop. Laurence paie la poudre jusqu'à overdose. »

Il récapitula. Alain était donc dans la « clinique » de janvier à mai, puis dehors de fin mai jusqu'à sa mort en septembre. Cela signifiait que Laurence avait fait les commissions pour son frère pendant près de quatre mois.

Il entra dans un bar, commanda une bière et se désaltéra avant de téléphoner à Paris. Par chance son correspondant était dans son bureau.

— Allô, Dalbois ? C'est Cadin, d'Hazebrouck.

Dalbois naviguait entre les « Mœurs » et les « Stups », à la Préfecture de Paris. Ils avaient fait leur spécialisation ensemble, à Strasbourg et depuis ils maintenaient le contact. Ils échangèrent les phrases banales des gens qui ne se rencontrent pas souvent.

— Voilà, j'aimerais que tu me dépannes. Rassure-toi, ce n'est pas un secret d'Etat. La dose d'héroïne va chercher dans les combien par les temps qui courent ?

— La blanche est à 1200 francs la dose. La chinoise 600 à Saint-Michel, mais on peut la toucher à 450 francs dans le bas de Belleville.

— Les prix sont valables pour mon secteur ?

— Rajoute dix pour cent, tu seras dans le vrai. Et encore, vous êtes en ligne directe pour la blanche, elle arrive d'Amsterdam. Tu montes une boutique ?

— Non, j'essaie d'évaluer ce qu'un gars a consommé il y a un an et demi.

— Dans ce cas c'était de la blanche et les cours étaient moyens. L'autre variété n'était pas encore distribuée en France. Compte mille francs par jour, tu ne te tromperas pas de beaucoup.

Cadin le remercia et raccrocha. Il nota les chiffres sur son carnet, sous les cinq millions précédents.

« *Janvier-Mai : Narcostop 5 × 1 = 5 Millions*
Juin-Sept : Poudre, 110 Jours à 1 000 francs
= 11 Millions. »

— Je vous dois combien pour la bière et le téléphone Paris ?

Il régla puis reprit la route d'Hazebrouck. A mi-chemin, il traversa un orage de grêlons. Il eut une pensée émue pour les pensionnaires de Narcostop.

CHAPITRE XII

Cadin venait fréquemment à l'hôpital dans le cadre de ses fonctions. Le gardien lui adressa un salut amical depuis la fenêtre du pavillon d'accueil, avant de lever la barrière blanche et rouge. L'inspecteur se rendit directement au bureau du personnel. L'hôtesse chargée de la réception était occupée à remplir un bon de commande de la Redoute. Elle mettait autant de soins à vérifier les numéros de code des articles, qu'un agent secret chiffrant un message. Il se décida à interrompre l'exercice et elle tourna la tête en affichant un sourire figé.

— Vous pouvez me dire si Samy est de service aujourd'hui ?

Elle ne demanda pas de précisions supplémentaires et consulta le tableau de présence situé derrière elle.

— En effet, il assure les urgences mais dépêchez-vous car il s'arrête à midi.

Cadin se hâta. Les urgences se trouvaient à l'autre extrémité du bâtiment, bien après le plateau technique. Il jouait de malchance, le car de police-secours venait de déposer un accidenté, un automobiliste qui venait de se payer une boutique de tir forain, sur la place principale. Brouakère lui expliqua que le conducteur, totalement ivre, avait évité un manège pour enfants d'extrême justesse et qu'il était sorti indemne de son véhicule. A ce moment, les mères rassemblées autour des stands s'étaient chargées de réparer cette erreur du destin.

— Nous sommes arrivés à temps, elles voulaient le lyncher !...

Puis il laissa passer quelques secondes en silence.

— ... Vous savez, ça chauffe pour vous, inspecteur. Il y a eu tout un tas de coups de fils ce matin, de Lille. On ne sait pas grand-chose, mais le commissaire Rubecque ne tient plus en place. Vous devriez venir avec nous. Il vous aime bien...

— Pas encore, je ne suis pas prêt. Prévenez Rubecque, je serai au commissariat en milieu d'après-midi, aux alentours de quatre heures. Je pense avoir rassemblé assez de preuves pour le calmer.

Il parlait avec assurance en sachant fort bien que tout son édifice de déductions et de recoupements était fragile et que le moindre élément discordant pouvait le réduire en miettes. Il rattrapa Samy alors que l'infirmier s'apprêtait à quitter l'hôpital. Il ne parut pas surpris de voir l'inspecteur et accepta de faire quelques pas en sa compagnie.

— Alors, tu m'as filé entre les doigts, l'autre soir après la répétition ! Pourtant nous n'avions pas fini de parler...

— Moi si, je crois vous avoir tout raconté.

— Non, par exemple je ne sais pas comment tu t'y prends pour faire disparaître les corps...

Samy tourna la tête vers l'inspecteur, inquiet. Cadin poursuivit.

— ... sur scène et ne laisser visibles que les mains et les visages. C'est très impressionnant.

— Vous plaisantez ? Vous n'êtes pas venu ici pour me donner votre avis sur mon numéro de l'Orphéon ?

— Si, pour une part... Alors, ton truc ?

— C'est archi-connu mais je constate que ça fonctionne encore. Il suffit de s'habiller en noir et d'évoluer sur un fond de couleur sombre. L'éclairage est remplacé par un projecteur équipé d'une lampe à rayons ultraviolets qui n'accrochent que les surfaces préparées avec un produit fluorescent. Pour occulter la tête de ma partenaire, je passe un tissu noir, donc invisible, entre son visage et le rayon. Voilà, ajoutez la crédulité du spectateur, vous obtenez la magie du théâtre ! Ce sera tout ?

— Non, j'ai fait un petit calcul ; je suis en mesure d'affirmer que Laurence a dépensé une véritable petite fortune pour son jeune frère, entre les mensualités de Narcostop et la drogue qu'elle lui fournissait pour lui éviter de faire des conneries... Quinze millions de centimes au bas mot, en l'espace de neuf mois. Cinq mois de clinique, quatre mois d'assistance ! C'est une somme. Tu devais être au courant, ne me dis pas le contraire.

— Bien sûr. Elle m'a emprunté de l'argent, au début, quand Alain est entré dans cette boîte...

— Enfin, on parle de choses sérieuses. Donc, à ce moment-là, Laurence n'avait pas d'argent devant elle ; pourtant elle a trouvé plus de quinze millions par la suite. Tu lui as passé combien ?

— Un million ancien, mais elle me l'a rendu au bout de trois ou quatre semaines. Elle n'a plus rien demandé. Il me semble qu'elle avait eu des rentrées d'argent conséquentes...

— Tu étais également au parfum de ses achats de poudre ?

— Oui, et nous nous sommes séparés un peu pour cette raison. Je voulais lui faire comprendre qu'on ne sauve pas les gens malgré eux. J'étais opposé au fait qu'elle devienne pourvoyeuse de son frère. Un soir, je lui ai confié qu'il valait mieux encore le mettre à la disposition de la justice, que sa vie ne suffirait pas, sinon. Je ne voulais pas tricher avec elle, lui mentir ou faire semblant de croire qu'elle parviendrait à le sauver. Voilà, vous êtes satisfait, ou les détails ne sont pas aussi croustillants que vous l'espériez, inspecteur ?

— Ne t'en prends pas à moi... Je suis le seul qui essaie de comprendre. As-tu une idée des rentrées exceptionnelles de Laurence ? Si je m'en tiens à sa famille, ce n'est pas de ce côté qu'il faut chercher. Le pavillon était en location et on ne m'a pas signalé d'héritage. Combien gagnait-elle ici, à l'économat ?

— Posez la question au Directeur du Personnel, je ne peux pas vous répondre sur ce sujet. Nous avions décidé de garder notre complète indépendance financière. Je l'invitais. Elle me rendait la politesse. Lorsqu'on marie l'argent, on fonde une petite société ; il n'y a rien de pire que l'esprit d'entreprise pour tuer l'amour.

— Très bien, je vais aller faire un tour chez ce monsieur. La première de la revue, c'est pour bientôt ?

— Oui, demain soir, ensuite on boucle le carnaval pour un an !

Samy fouilla dans sa poche. Il sortit un morceau de papier sur lequel il écrivit rapidement quelques mots avant de le tendre à l'inspecteur.

— Tenez, avec ça vous pourrez entrer gratuitement.

Cadin prit le carton et lut le texte.

SAMEDI 28 MARS A L'ORPHEON
REVUE « ALORS ? TU VIENS » ?
40 comédiens et chanteurs
Représentation placée
sous la présidence de M. Courtini
Pt. de l'Amicale
des Industriels Hazebrouckois.

Au verso Samy avait inscrit, au-dessus de sa signature.

« *Laissez passer mon invité Monsieur Cadin.* »

*

Le responsable du personnel était un homme charmant. Il correspondait à l'image qu'on se fait du fonctionnaire modèle, strict et poli, prêt à rendre service dès lors que les intérêts, même les plus obscurs, de l'Administration sont en jeu. Au seul énoncé du mot « Police » il avait déjà ouvert ses armoires. Cadin n'eut aucun problème pour obtenir le double des fiches de paie de Laurence. Elle gagnait sept mille francs par mois, les charges déduites et bénéficiait d'une prime de treizième mois versée par une sorte de mutuelle. Il paraissait impossible qu'elle soit parvenue à régler les dépenses nécessitées par l'état de son frère, sans une sérieuse aide annexe. Cadin démarra tranquillement.

— Quelle était l'étendue des responsabilités financières de Laurence Cappel ?

— Pour situer le problème, nous gérons plusieurs milliards de centimes par an. C'est considérable, on ignore souvent que les hôpitaux figurent parmi les cinq premières branches économiques du pays, juste après l'automobile. La gestion d'un tel établissement est très compartimentée. La Direction Générale s'occupe de superviser l'ensemble et n'intervient que pour les investissements importants. Pour toutes les autres dépenses, le dossier est pris en charge par l'économat. Mlle Cappel était chargée d'ordonner toutes les commandes n'excédant pas la barre des quinze millions de centimes.

— Pourquoi cette limite ?

— C'est la loi qui l'exige. Au-delà de cette somme, le marché doit transiter par la Préfecture et le Préfet est tenu de donner son avis. Laurence Cappel s'occupait d'une infinité de choses, les achats de petit matériel, l'entretien, le linge, la nourriture, les vêtements professionnels. Ça allait du paquet de coton au chariot élévateur ou au mini-ordinateur. Tout ce qui coûtait moins de quinze millions anciens.

— Comprenez que je n'accuse pas Laurence Cappel, mais n'y a-t-il pas des possibilités de fraude, de falsification d'écritures ?

— Bien entendu, c'est dans le domaine du possible, mais dans le cas de Mademoiselle Cappel, je peux vous détromper. Ses comptes étaient irréprochables. Elle a fait toute sa carrière dans ce service avant d'en prendre la direction. J'en réponds comme de moi.

Cadin pensait que justement, le problème était là. Qui pouvait lui assurer que ce chef de personnel ne couvrait pas une complice ?

— Me permettez-vous tout de même de vérifier sur pièces ?

L'inspecteur se tourna vers les armoires qui garnissaient le mur du fond. Le fonctionnaire ouvrit les portes métalliques.

— Chaque rangée d'étagères correspond à une année d'achats. Nous nous adaptons seulement aujourd'hui à l'informatique ! Vous avez le choix. Prenez l'année qui vous préoccupe, je vais vous expliquer la méthode de classement...

Il se munit d'un mince livret qu'il commenta.

— Tous les documents sont référencés à l'aide d'un code et ce code est traduit dans ce petit recueil. Si jamais vous repérez un achat suspect, il vous suffit de vous reporter à ces pages pour savoir à quoi il correspond, de rechercher ensuite la facture correspondante. Une question d'habitude...

Cadin s'intéressa à la comptabilité générale de l'hôpital pour l'année précédente. Il exhuma plusieurs kilos de papier pris au hasard. Une vérification méthodique aurait nécessité un bon mois de travail d'une équipe d'experts. Il ne disposait que de quelques heures et de connaissances succinctes en comptabilité. Il opta pour la technique du sondage ; il mit de côté une dizaine de documents par mois, de janvier à décembre. L'immensité de la tâche à accomplir montrait, à l'évidence, qu'il ne pouvait réussir. Cadin se força pourtant à noter toutes les phases de son travail de recherche. Il avait divisé les feuillets de son calepin en trois colonnes et les remplissait, convaincu de l'inutilité de l'entreprise.

AK 3715 | 108 020 Francs.

AK 3715 signifiait « Poisson congelé » selon le livret décodeur. Il rechercha la facture qui lui donnait le détail du poisson acheté pour la somme de 108 020 francs ainsi que la date de livraison. Il continua ainsi pour l'ensemble des documents pris au hasard. Après deux heures d'efforts, il obtint une liste de trois pages de notes qui débutait par :

RV	4312	103 423 Francs	pour une facture de fruits et légumes
JH	1227	93 817 Francs	pour du matériel de radiologie
RP	7148	2 132 Francs	pour du papier hygiénique
ZO	2239	127 307 Francs	pour des fournitures « hautes énergies »
AM	4676	48 015 Francs	pour de la viande fraîche

Cadin abandonna sur un PR 8315 à 27894 Francs correspondant à l'achat de trois prothèses de marche, facturées près d'un million ancien la pièce. Il était gagné par le découragement. Il pouvait noircir dix autres carnets sans en tirer le moindre renseignement exploitable. Il rendit le décodeur au chef du personnel et lui laissa le soin de ranger la paperasse.

*

Le commissaire faillit s'étrangler en voyant Cadin entrer dans son bureau le sourire aux lèvres.

— Asseyez-vous tout de suite, et ne bougez plus. Ça fait deux jours que je vous cours après. J'étais à deux doigts de lancer un avis de recherche ! J'ai tous les flics de Lille sur le dos... Maillard a décidé de mettre le paquet... Il paraît qu'un inspecteur se faisant passer pour un journaliste de *Révolution...*

— Non, *Libération.*

— Peu importe, Vorstevel veut votre peau. Je suis décidé à la lui offrir sur un plateau, sinon il ne tardera pas à loucher sur la mienne ! C'est assez clair ? Je vous avais pourtant conseillé de ne pas fourrer vos pieds dans ce merdier ! Alors, j'attends vos explications. Tâchez de vous montrer convaincant...

— J'ai découvert le lien qui unit tous les cadavres de cette affaire, commissaire. Il s'appelle Alain Cappel. Il faisait équipe avec le fils Maillard, surnommé Dany. Ils se camaient jusqu'aux yeux. Le père Maillard a donc fait appel à l'Agence Duyck et Dernu pour surveiller son rejeton. Dès qu'il a compris que son môme était sur la pente descendante, il s'est empressé de le mettre à l'abri, en Suisse. Il a confiance dans le pays, ils gèrent déjà ses économies !

— Je vous en prie, inspecteur, vous n'êtes pas dans une position qui vous autorise à faire de l'humour...

— Au contraire, vous savez bien que c'est la politesse du désespoir ! Laurence a profité de cette cassure pour faire admettre son frère dans une institution de Bergue, Narcostop, un camp de concentration pour drogués repentis. Il a craqué au bout de cinq mois, à moitié guéri, en fait il attendait la première occasion pour s'y remettre. Mais les beaux jours étaient finis, le fils de famille n'était plus là pour fournir la marchandise. Je présume qu'Alain a commencé à zoner comme tous les autres... Casses minables, attaques de vieilles à la poste, et ainsi de suite... La ligne directe pour gagner un séjour prolongé en maison d'arrêt. Laurence a senti le danger ; elle a tenté de le convaincre de retourner à Narcostop, sans succès. Pour lui éviter de voler et fatalement se faire pincer, elle s'est résolue à trouver elle-même les doses...

— C'est pousser un peu loin l'esprit de famille, non ?

— Pensez ce que vous voulez, mais elle a payé très cher ce dévouement puisque son copain l'a quittée pour cette raison. Un certain Samy, il joue dans la troupe de l'Orphéon. Quand je dis qu'elle a payé cher, ce n'est pas seulement une image : la cure au château de Bergue et les doses du frangin n'étaient pas gratuites ! Elle a déboursé plus de quinze millions en moins de dix mois, avec un salaire de sept mille francs ! Ce n'est pas la prime du treizième mois qui explique la différence... Conclusion, elle disposait d'autres revenus...

— Tout ceci est bien joli, inspecteur, mais vous oubliez que votre hypothèse de départ consistait à prétendre que Duyck avait été assassiné en raison des liens qu'il entretenait avec l'affaire Cappel. Avouez que ça ne tient pas debout. Vous êtes sur une drôle de pente Cadin !...

Il consulta sa montre, se leva pour passer son imperméable.

— Il sera dit que nous sommes faits pour nous croiser ; je dois être à Lille à six heures, ma femme passe une nouvelle série de rayons. Bien que je sois inutile, ma présence la rassure. Je vous confie la boutique jusqu'à demain matin. Tâchez de ne pas me faire faux bond, nous n'avons pas terminé notre conversation.

Cadin le laissa partir sans trouver le courage de lui demander des nouvelles de sa femme, mais la seule évocation du cancer le glaçait d'effroi. Il s'était senti troublé dès que Rubecque avait abordé le sujet, sans trop comprendre pourquoi... La sonnerie du téléphone le tira de ses réflexions. Une voix féminine, vaguement familière, montait de l'écouteur. Encore sous le coup de l'émotion, il ne parvint pas à se rappeler quand il l'avait entendue précédemment.

— C'est bien l'inspecteur Cadin ? Vous m'écoutez ?

— Oui, parlez.

Il distingua un froissement de tissu dans l'écouteur : sa correspondante avait sûrement recouvert l'émetteur de son téléphone d'un mouchoir.

— C'est important. J'en sais beaucoup concernant la mort de Laurence Cappel ; je suis prête à vous venir en aide. Soyez ce soir à neuf heures précises sur la route de Sercus, dans le bois des Sept Chemins. Juste après la houblonnière, vous verrez une rampe de lancement. Trouvez-vous au pied de cette rampe à neuf heures. Seul.

La femme raccrocha sur ce dernier mot. La conversation, à sens unique, n'avait pas duré trente secondes. La femme était restée calme, posée, alignant les mots un à un, comme des briques. Cadin avait eu le temps de prendre le texte en note sur un formulaire de plainte. Il fit un effort de mémoire sans retrouver la trace de cette voix, de cette imperceptible hésitation pour prononcer « Trouvez-vous », puis il se renversa dans le fauteuil pour réfléchir. Il s'énervait, en fait, de ne plus rien comprendre. Il tira son Manurhin de l'étui et l'examina. Ça avait le don de le calmer. Il posa l'arme sur le bureau et glissa une sixième cartouche dans le barillet, dans la chambre de droite. Il se baladait toujours avec une chambre vide, celle de droite précisément. Le barillet tournant en sens inverse des aiguilles d'une montre, il était ainsi assuré qu'un appui accidentel sur la détente aurait pour simple effet de faire jouer la percussion dans le vide. Une seconde fausse manœuvre était statistiquement impossible. Sinon, autant se promener dès le départ avec un flingue vide !

Il fit appeler Brouakère qui le surprit en train de régler son holster.

— Vous êtes né dans le quartier, Brouakère, non ?

— Oui, pas de doute là-dessus. Pas une génération de Brouakère n'a fait autrement depuis Napoléon III. Mon aïeul l'a accueilli en septembre 1859 sur le quai de la gare...

— Vous devez donc connaître le bois des Sept Chemins et la rampe de lancement de la route de Sercus ?

— Très bien ! Quand la rampe était en action, on appelait pas ça la route de Sercus, mais la route de Serre Tes Fessses ! Ça faisait un barouf du diable leurs fusées...

Cadin manifesta de l'étonnement.

— Comment ça, ils ont lancé de véritables fusées ?

— Ils n'ont pas construit une rampe de lancement pour le plaisir ! Ils ont démarré à la fin de l'année 43 ; ce sont les Alliés qui ont mis fin au massacre, après le débarquement. Ça vaut le coup d'aller visiter, mais je suis sûr que la moitié des gens, ici, ne savent pas ce que c'est. Il suffit de regarder une carte pour comprendre : juste à côté d'Hazebrouck on a les Monts des Flandres, les derniers vallonnements avant la mer, et surtout, avant l'Angleterre ! En plus, ces hauteurs sont situées dans l'axe exact de Londres, à moins de trois cents kilomètres. Trois cents kilomètres, c'est la portée maximale des fusées V2. Les généraux allemands n'ont pas été longs à faire le rapprochement. Courant 43 ils ont mis le chantier en route. Tout le bois des Sept Chemins était zone interdite. Secret militaire. Pas un civil français n'avait le droit de pénétrer. Ce sont les soldats allemands qui se chargeaient du terrassement, de tout. Ils ont aménagé une sorte d'autoroute en plaques de béton, entre la nationale et le bois, un truc à toute épreuve, et une cinquantaine de blockhaus. Tout le monde se demandait ce qu'ils avaient découvert d'aussi précieux dans ce trou... Puis ils ont installé des rangées de systèmes DCA, des tranchées antichars... Ce n'est pas tout ! Au mois d'octobre, ils ont achevé le chantier en construisant deux énormes triangles, épais chacun d'un mètre et hauts d'une dizaine de mètres. Une pente douce d'un côté et très abrupte de l'autre. Les deux murs se faisaient face, éloignés de deux mètres environ. Quand tout a été terminé, ils ont équipé l'arête des pentes douces avec des rails. L'autoroute arrivait à proximité ; elle butait sur un rond-point en béton. Les paysans les prenaient pour des fous, des Martiens, mais à partir de novembre, on a commencé à voir des convois exceptionnels qui arrivaient de Belgique. Ils bouclaient la région pour les faire passer, des milliers de soldats, le long des routes. On ne voyait pas grand-chose, des plates-formes tirées par des chars, surmontées d'énormes objets en forme de bombes, des grosses citernes.

— Les fusées ?

— Eh oui ! Tout s'est éclairci à la mi-novembre, le camp de Sercus était une rampe de lancement de fusées V2, les premiers engins à réaction... Les fusées sont parties jusqu'au débarquement. Qui aurait pu penser que les pires ravages causés à l'Angleterre lui viendraient d'Hazebrouck ?

— On ne peut pas dire que ce soit un argument publicitaire !

— Je peux vous y emmener et Vous servir de guide, inspecteur. Je connais le coin comme ma poche, on y a passé une semaine entière après la guerre pour le déminage et le ramassage des munitions abandonnées.

— Non, ce n'est pas la peine, je voulais seulement m'informer sur cette rampe de lancement ; je dois dire que j'ai été comblé. A propos de munitions, vous êtes équipé d'un Manurhin .38, vous aussi ?

Brouakère ouvrit sa veste, montra l'arme neuve qu'il portait au côté.

— Je ne l'échangerai pas contre autre chose, c'est la meilleure arme qu'on m'ait confiée.

— Je suis bien de votre avis. Voilà, j'aimerais que vous me rendiez un service en me prêtant quelques cartouches. J'ai envie de m'entraîner à balles réelles...

Brouakère prit son revolver et fit glisser le barillet. Il éjecta cinq cartouches dans le creux de sa main en secouant l'arme.

— Ne faites pas de bêtises, inspecteur, c'est du .38 long blindé. Ça ne pardonne pas. Je vous donne les cinq. J'ai l'impression que vous êtes embarqué dans une histoire sérieuse...

Cadin prit les balles et les mit dans sa poche de veste en ayant soin de regrouper ses clefs de l'autre côté. Il ne lui restait plus qu'à attendre neuf heures.

CHAPITRE XIII

Cadin se fit livrer un sandwich au jambon des Ardennes et une Stella. Il dîna en lisant la « *Voix du Nord* » et s'intéressa particulièrement à un titre de la page locale de Wormhout « MAUVAIS TRAITEMENTS ». Une photo montrait un jeune homme barbu qui installait une chèvre sur un lit de paille confectionné à l'arrière d'un break. Il parcourut le texte de l'article :

> A la suite de plusieurs plaintes provenant du voisinage, l'Association d'Aide Aux Animaux que dirige Eric Trecaerd est intervenue mercredi dernier dans un pavillon de Wormhout, avec la collaboration de la gendarmerie, pour y soustraire une chèvre à de mauvais traitements.
>
> Malgré les soins apportés par le docteur Bauwlen (notre photo) l'animal n'a pas survécu. Après autopsie on détermina la cause de la mort par une misère physiologique et une absence totale de nutrition depuis plusieurs jours.
>
> Une plainte a été déposée auprès des services de gendarmerie.

L'imagination de Cadin vagabonda en s'interrogeant sur la signification profonde de cette « misère physiologique » ; le souvenir des porcs amoureux de Narcostop s'imposa à son esprit. Il chassa ces pensées en vidant son bock d'un trait. D'ailleurs il était temps pour lui de se mettre en route.

Les rues étaient anormalement vides. Les Hazebrouckois se réservaient pour la fête du lendemain, l'enterrement de Carnaval qui commençait juste après la revue de l'Orphéon devait durer près de deux jours.

Il croisa quelques couples attirés par l'ombre et les habituels coureurs de bars. Il sortit de la ville pour s'engager sur le chemin de Sercus. L'éclairage public cessait à la hauteur des premières palissades qui entouraient les jardins ouvriers, puis c'était le royaume des houblonnières. Il alluma les phares dont le faisceau au hasard des sinuosités de la route, cognait contre les rangées de tuteurs en sapin. Il se souvenait qu'à l'automne précédent, il avait assisté à la récolte des cônes de houblon quand les paysans couchaient les hautes perches et les fils tendus remplis de plantes. Il avait rarement vu une transformation aussi radicale d'un paysage : on abattait d'un coup d'immenses barrières de feuillage ; par vagues successives l'horizon reculait.

Le bois des Sept Chemins se trouvait au sommet d'une colline et dévalait ensuite les pentes, vers le village de Sercus. Cadin laissa la voiture sur le bas-côté près des ruines d'une auberge détruite par un incendie. Il prit soin de se munir de sa lampe torche et se dirigea, à pied, à travers les allées de perches dressées.

L'inspecteur marcha pendant environ cinq cents mètres avant de distinguer une silhouette adossée à l'un des poteaux. Deux chiens, des ratiers à la fourrure à moitié mangée par la maladie, se ruèrent sur lui en aboyant. Il distinguait maintenant leur maître, un paysan clochardisé qui ânonna des mots incompréhensibles dans une sorte de patois flamand avant de pouvoir aligner une phrase en français.

— Vous allez où ?

Cadin désigna le sommet de la colline située à sa gauche.

— A la rampe de lancement. Je m'intéresse à l'histoire de la Seconde Guerre mondiale.

L'autre ne parut pas surpris de l'heure tardive choisie par l'inspecteur. Il était trop abîmé par l'alcool pour s'étonner de quoi que ce soit.

— Ah ça, vous n'êtes pas le seul ! Il en vient des quantités, de partout... des Allemands surtout... Comme si on ne les avait pas assez vus comme ça ! Trois ou quatre par jour pendant six mois. Braoum ! Braoum... Tout tremblait dans un rayon de cinq kilomètres, la folie dans les étables ! J'en ai vu une de près, à la Libération... un de ces cigares, long comme d'ici le peuplier... un truc fabriqué par le savant que les Ricains leur ont repiqué, Von quelque chose... Sans compter les bombardements anglais. De la DCA partout, c'est plutôt leurs zincs qui descendaient. Et les pauvres gars, au bout de leurs parachutes, les mains en l'air, qui se prenaient des pruneaux... Sans résultat. Juste une fois, sur un blockhaus, mais rien sur la rampe. Tandis qu'à Londres, excusez du peu...

Cadin regarda sa montre et se mit en mouvement

— Non, pas par là. Prenez par la droite. Ça semble plus court mais le sous-sol est argileux. Ça rend la terre de surface pire qu'une éponge. C'est un coup à y laisser vos chaussures...

Les chiens accompagnèrent Cadin jusqu'au coude du sentier, puis ils rebroussèrent chemin. Il avançait par grandes enjambées, la lampe braquée au plus court pour éviter de s'enfoncer dans les flaques d'eau et de boue. Il dut escalader deux rangées de fils barbelés qui délimitaient des pâtures et pénétra dans les taillis puis les boqueteaux de châtaigniers. Il gravit ainsi la pente, sous le couvert des arbres, avant de déboucher dans une véritable ville fantôme.

De larges espaces avaient été dégagés dans la forêt pour laisser la place à de lourds parallélépipèdes de béton, des blockhaus. Il y en avait de toutes tailles, certains devaient abriter une pièce de défense anti-aérienne, d'autres étaient destinés au cantonnement des soldats, à entreposer des munitions. Il aperçut, sur sa gauche, un long tunnel en forme de coude qui s'enfonçait sous terre. Il l'emprunta. Le souterrain conduisait à la rampe de lancement, il s'agissait certainement de l'ouvrage permettant l'approvisionnement en fusées avant la mise à feu.

Il se retrouva à l'air libre, à proximité des deux énormes triangles pointés sur le ciel. Quelques mètres plus loin la colline était comme effondrée. Plus loin encore, l'Angleterre.

Cadin se plaça à l'abri, entre les murs. Le vent sifflait par intermittence et faisait frémir les branches. Il chercha dans les ombres à distinguer une présence. En vain.

Sa montre marquait neuf heures ; il ne se passait rien. Une détonation claqua, répercutée par les dizaines de bâtiments en béton.

Le bruit vibra entre les ailes de la rampe. La balle était passée au-dessus de sa tête, des éclats de ciment tombèrent sur ses cheveux.

Le tireur devait être équipé d'un fusil ; Cadin pouvait vérifier que personne ne se trouvait à moins de cinquante mètres. Son adversaire se cachait certainement dans un de ces blockhaus ou perché sur un toit...

Cadin se cassa en deux, traversa la rampe de lancement dans sa longueur et, porté par l'élan, il dévala une bonne partie de la colline. Il se remit sur ses jambes et obliqua, très vite pour se mettre à l'abri du bois. La lampe était tombée pendant sa course ; il était hors de question de la reprendre. Il progressa courbé, en suivant la ligne de lisière. Une seconde détonation retentit et la terre fut soulevée loin devant lui. Il s'arrêta, attendit que l'homme au fusil se manifeste à nouveau. Cadin fixait l'ensemble du camp allemand à l'exception d'un angle de vue caché par un gros blockhaus édifié en surplomb.

L'attente se prolongea trois minutes. Un bref éclair illumina le fronton d'un abri de béton, à moins de cent mètres, face à lui. Il fallait qu'il réduise cette distance de moitié pour avoir une chance d'atteindre son objectif. L'œil braqué sur la planque du tireur, il reprit son avancée en s'abritant derrière les troncs d'arbres, les plaques de ciment armé projetées lors des bombardements et les tas de petit bois entreposés par les bûcherons.

Il lui restait à franchir une zone découverte mais l'autre le repéra. Cadin n'eut que le temps de se jeter au sol : la balle vint se ficher dans une motte de terre tout près de son pied droit. Le tireur commit l'erreur de tenter une sortie pour rechercher un nouveau point d'embuscade.

L'inspecteur était occupé à dégager son magnum du holster. Les bras tendus sur un lit de feuilles mortes et de mousse, les mains jointes sur les plaquettes du Manurhin, il visa soigneusement l'ombre qui se déplaçait sur le toit du bloc fortifié. Son index blanchit à deux reprises sur la détente ; le chien se leva deux fois avant de percuter à chaque reprise les balles blindées de Brouakère.

La silhouette vacilla, mais l'homme réussit à atteindre l'angle de l'abri et il disparut dans l'obscurité du camp. Cadin se lança à la poursuite du blessé. Il se mit à courir, les bras en avant, le revolver décrivant des arcs de cercle vers les bâtiments. Il ne vit pas une fine plaque de ciment qui affleurait. Sa chaussure se ficha dessous. Il effectua le plus audacieux vol plané de sa courte carrière et s'écrasa un mètre en contrebas dans une marre d'eau croupie qui stagnait dans le fond d'un trou d'obus. Son front cogna contre un longeron métallique. Cadin s'évanouit, la main crispée sur la crosse de son 357.

*

Vers onze heures, une voiture se rangea près de celle de l'inspecteur, à la hauteur de l'auberge incendiée. Deux hommes armés en descendirent, commencèrent à progresser vers le camp militaire allemand. Ils fouillèrent les abris un à un puis le tunnel et les abords de la rampe de lancement. Ils décrivirent ensuite de petits cercles à la lisière du périmètre.

Leur manège durait depuis une demi-heure quand l'un d'eux se mit à crier.

— Je l'ai trouvé, venez vite il baigne dans la flotte !

Les deux hommes se laissèrent glisser dans le cratère. Ils remontèrent Cadin sur le bord. Une profonde entaille lui barrait le front, le sang mêlé à un liquide épais couvrait son visage. Il ouvrit les yeux, sentant qu'on le remuait. Il reconnut le commissaire Rubecque.

— Je l'ai touché... il ne doit pas être loin...

Brouakère s'était absenté ; il revint avec une trousse d'urgence et une petite bouteille d'alcool. Cadin en but une gorgée avant de se redresser.

— Comment savez-vous que je suis ici ?

Le commissaire désigna Brouakère.

— Un paysan nous a téléphoné. Il croyait que les Allemands étaient revenus tellement ça tirait... Brouakère a pris la communication. Il a tout de suite fait le rapprochement avec votre conversation de cet après-midi. Il m'a averti aussitôt. Vous avez de la chance... Demain matin on vous retrouvait noyé... Quant à votre oiseau, il s'est envolé. Nous avons tout passé au peigne fin. J'enverrai une équipe dès l'aube pour relever les empreintes et ramasser les douilles. Allez, en route pour la gloire !

Cadin resta au lit la majeure partie du samedi. Il se leva en milieu d'après-midi et s'observa dans la glace. On lui avait recouvert le front d'un large bandage ; des sourcils au nez, son visage avait viré au bleu. Ses yeux brillaient de fièvre, son crâne semblait battre au rythme de l'afflux du sang. L'impression d'avoir avalé un marteau-piqueur ou un V2 ! Le moindre mouvement de tête provoquait d'insupportables élancements et faisait naître des sifflements stridents au fond de ses oreilles. Il téléphona au commissariat pour qu'on lui apporte un chapeau et une paire de lunettes noires, puis il avala une demi-rangée d'analgésiques qui le plongèrent dans une torpeur ouatée jusqu'au soir.

Vers cinq heures on lui livra sa commande. Il s'habilla lentement, inquiet de ses propres gestes, mais les médicaments poursuivaient leur effet. Il constata qu'il lui était possible de se mouvoir sinon avec aisance du moins sans trop de problèmes.

Le carton d'invitation de Samy était resté dans sa poche la nuit précédente. Il récupéra un papier avachi. Le texte imprimé annonçant la revue et la Présidence d'honneur de Courtini avait bien résisté au bain forcé, mais les lignes manuscrites du comédien bavaient, tristement détrempées.

Le bandage, le chapeau et les lunettes lui faisaient

la tête de Claude Rains dans le film de James Whale, l'Homme Invisible.

Plusieurs centaines de personnes se pressaient devant la salle de théâtre ; les ouvreuses n'eurent pas le temps de contester la validité de son billet. Cadin se laissa porter par le flot jusqu'au premier balcon, coincé entre un extincteur et le carré lumineux d'une sortie de secours.

Il s'assit et attendit le début du spectacle en observant l'arrivée des personnalités. Il reconnut le maire, le conseiller général et même le député, accompagnés de Mesdames, qui s'installaient sur les fauteuils près de la scène. L'armée des conseillers municipaux, des présidents d'associations, commerçants, notaires et avocats, bonnes sœurs et curés, se précipita sur les rangées suivantes précédant la cohorte des familles méritantes.

Le speaker annonçait les titres au fur et à mesure de l'entrée en salle ; l'auditoire se partageait en applaudissements et sifflets au gré des sympathies.

Les lumières clignotèrent par deux fois puis s'éteignirent définitivement, remplacées par la lueur de la rampe de scène. Le présentateur se plaça au centre du plateau et demanda le silence.

— Avant de laisser la place au spectacle, Mme Courtini va vous lire quelques mots au nom de l'Association des Industriels Hazebrouckois, dont la générosité est pour beaucoup dans la qualité du travail de nos comédiens amateurs.

Mme Courtini s'approcha du micro. Elle déplia une feuille de papier, toussa discrètement en tournant la tête, avant de commencer sa lecture.

— Mesdames, Messieurs, Monsieur le Député, Monsieur le Maire. Je tiens tout d'abord à excuser l'absence de mon mari, Monsieur Courtini qui devait prononcer ces quelques phrases, mais un important problème technique le retient actuellement dans notre entreprise... »

Cadin détaillait la femme rencontrée lors du cocktail de présentation du carnaval. Elle avait passé une robe fourreau sombre qui accusait par trop la dureté de ses traits. L'inspecteur se fit la remarque en constatant que ce détail lui avait échappé alors. Peut-être cette impression venait-elle de l'immense scène vide... Il écoutait le discours de présentation d'une oreille distraite et la voix de Mme Courtini se mélangea, presque à son insu, la torpeur provoquée par les calmants aidant, à cette autre voix, au téléphone, lui fixant rendez-vous à neuf heures, près de la rampe de lancement... Une voix qu'il avait entendue pour la première fois dans les salons de la mairie lors de la présentation du carnaval. *Je suis enchantée de Vous aVoir rencontré... TrouVez-Vous... qui deVait prononcer...*

Il se concentra sur le discours de la femme de Courtini, guettant les moindres intonations, les façons de prononcer les V, la manière caractéristique de reprendre souffle au milieu des phrases. L'examen abolit ses derniers doutes.

L'inspecteur quitta sa place, gagna l'escalier et se retrouva dans la salle d'orchestre. Il remonta la travée du milieu sous le regard intrigué des spectateurs, puis gravit les marches qui donnaient accès à la scène. Tout le monde l'avait repéré ; son accoutrement laissait présager le premier gag de la soirée. La salle redoubla d'attention quand, à mi-chemin du micro, Cadin sortit sa paire de menottes. Toute à son texte, Mme Courtini jetait des œillades inquiètes vers l'inspecteur puis semblait interroger la salle, cherchant à comprendre la signification de cette étrange mise en scène.

Cadin l'avait rejointe. Il lui arracha le discours des mains et lui saisit les poignets. Il referma les bracelets de métal avant de tourner le micro en direction de ses lèvres. Les spectateurs, stupéfaits l'entendirent déclarer :

— Je vous arrête pour complicité dans le meurtre de Laurence Cappel.

Le Député dont le front se trouvait à quelques centimètres des pieds de Cadin se tourna vers le Maire qui fit de même vers le Conseiller général. Le Commissaire Rubecque assis à côté de ce dernier, dit simplement.

— C'est l'un de mes inspecteurs, il s'appelle Cadin... il a pris un sérieux coup sur la tête la nuit dernière...

L'information remonta en sens inverse ; les personnalités s'apprêtaient à quitter les lieux afin que leurs noms ne soient pas mêlés à l'incident, quand un homme surgit du quatrième rang et s'immobilisa dans l'allée centrale, un revolver au poing. Il était à une quinzaine de mètres de Cadin. Il fit feu à trois reprises. L'inspecteur n'eut pas le temps de réagir, ébloui par les projecteurs de la rampe. Il sentit le corps de Mme Courtini devenir mou et la femme s'affaissa sur le parquet. Une balle lui avait traversée la gorge ; le gargouillis provoqué par l'afflux de sang se répercutait dans la salle, amplifié par le micro qu'elle venait d'entraîner dans sa chute.

La panique fut immédiate. Les gens fuyaient vers les issues de secours en hurlant, piétinant tout sur leur passage, renversant les sièges, écartant les plus vieux... Les officiels ne se laissaient pas faire et le député se taillait la part du lion. Il est vrai qu'il était passé maître dans l'art de l'esquive et du coup de savate dans les tibias, ou plus haut s'il parvenait à lever la jambe ! L'inspecteur était demeuré debout sur scène, il contemplait le résultat de son intervention. Il ouvrit sa veste, dégaina son .38 Magnum.

Derrière lui, Samy passa la tête entre deux pans de velours rouge.

— Inspecteur, je l'ai repéré, il a un costume bleu clair, les cheveux blancs, très courts. Il est parti par le couloir des loges, côté jardin.

Cadin s'élança à la poursuite du tueur, n'hésitant pas à tirer les gens par le col, à jouer des coudes pour se frayer un passage. Le couloir des loges était vide. Il courut durant une cinquantaine de mètres, insensible aux douloureux coups de boutoir que cela provoquait entre ses tempes.

Le couloir faisait un angle droit. Après le virage, il se terminait sur une porte sécurité dont le poussoir était condamné par une chaîne munie d'un verrou. Personne. Cadin s'arrêta. Il examina les lieux en tournant sur ses talons.

A deux mètres de lui, une porte s'ouvrit brusquement. L'homme en complet bleu s'élança en braquant son revolver à canon court. La proximité de son adversaire le décontenança encore davantage que Cadin, car il marqua un temps d'arrêt.

L'inspecteur n'hésita pas : il pressa la détente, l'arme à la hanche, légèrement relevée. Une balle suffit. L'inconnu fut atteint en pleine face. Le projectile fit éclater son front. Un jet de sang chaud et poisseux fut projeté sur les murs. Cadin reçut quelques éclats humains et des gouttes s'écrasèrent sur ses joues, ses vêtements. Une irrépressible vague de dégoût le submergea ; il s'appuya de la main sur le mur gluant pour ne pas tomber. Il se mit à vomir instantanément, en hoquets puissants et, sans transition se prit à pleurer.

Il criait maintenant en arrachant ses habits souillés, sa chemise, son maillot de corps, s'essuyant le visage, les paumes, à l'aide des rares coins de tissus immaculés.

Le commissaire Rubecque et Samy le découvrirent

à cet endroit, nu, penché sur le cadavre aveugle, incapable du moindre geste. Il les implorait :

— Lavez-moi, je vous en supplie, lavez-moi !

Samy pénétra dans une loge et réapparut avec une trousse de maquillage. Il nettoya soigneusement l'inspecteur comme s'il s'agissait d'un guerrier antique, puis il le couvrit avec la cape du géant Pierlala.

Ce fut ainsi que Cadin quitta le théâtre de l'Orphéon alors que l'ambulance se chargeait des deux cadavres.

Rubecque avait rassemblé le contenu des poches de l'assassin de Mme Courtini. Il s'intéressa plus particulièrement au portefeuille de cuir noir et dégagea une carte d'identité plastifiée. Il ne put retenir un cri de surprise.

— Ah ça alors ! C'est Dernu...

CHAPITRE XIV

Encadrant toujours l'inspecteur, nu, enveloppé dans sa cape de géant, la tête ceinte de bandages mouchetés de sang, Samy et le commissaire débarquèrent dans le hall du seul hôtel trois étoiles d'Hazebrouck, l'Hôtel de la Bourse.

Rubecque s'adressa au patron sur un ton qui n'admettait pas de réplique.

— J'ai besoin de la plus belle de tes salles de bain. Mon inspecteur a eu un choc de première ! On en a pour une heure, le temps de le remettre en état.

Le personnel fut mobilisé pour l'occasion. On lui fit couler un bain bouillant assaisonné de produits relaxants. Brouakère se dévoua et passa chez l'inspecteur prendre du linge de rechange. Dès que Cadin émergea il demanda une bière. A dix heures il était prêt à affronter la vie. Pour la mort, il pensait avoir déjà donné. Rubecque posa son bras sur ses épaules.

— Vous allez mieux, inspecteur ? On ne peut pas dire que vous soyez à la fête depuis deux jours... Mais heureusement vous avez appris à passer entre les balles ! J'ai une nouvelle surprenante, le gars que vous avez descendu au théâtre, c'était l'associé de Duyck, Dernu. On a vérifié, il ne portait aucune trace de blessure récente, donc ce n'est pas votre tireur de l'autre nuit, celui du camp allemand.

Cadin grimaça et prononça avec difficulté.

— Je vous parie que l'absence de Courtini n'a rien à voir avec une panne de machine. Il doit avoir du mal à digérer les balles blindées que je lui ai envoyées...

Le commissaire hocha la tête en signe d'impuissance.

— Je n'y comprends plus rien ! J'ai l'impression que les cadavres n'ont pas fini de s'accumuler... Vous ne croyez pas ?

— Non, passez-moi mon carnet de notes, dans ma veste. Je pense que l'explication est écrite en toutes lettres.

Rubecque obéit et tendit le calepin délavé à Cadin, mais il refusa.

— Non, j'ai trop mal au crâne... Ouvrez-le à la page où j'ai pris des notes sur la gestion de l'hôpital d'Hazebrouck, c'est vers la fin. Lisez les colonnes chiffrées, ça me tracasse depuis trop longtemps.

Le commissaire feuilleta le carnet, trouva les pages décrites par Cadin. Il se mit à lire à voix haute.

AK	3715	108 020 Francs	Poisson congelé
RV	4312	103 423 Francs	Fruits et légumes
JH	1227	93 817 Francs	Matériel de radiologie
RP	7148	2 132 Francs	Papier hygiénique
ZO	2239	127 307 Francs	Fournitures « Hautes Energies »
AM	4676	48 015 Francs	Viande fraîche

— Ça correspond à quoi, Cadin ?

— C'est la solution de tous ces meurtres, commissaire, relisez l'avant-dernière ligne...

— Si ça vous fait plaisir. ZO 2239, 127 307 Francs, Fournitures Hautes Energies. Et alors ?

— Voilà ce qui cloche dans la comptabilité de Laurence Cappel. Comment expliquez-vous que l'économe de l'hôpital d'Hazebrouck se réapprovisionne en fournitures « Hautes Energies », alors que l'établissement ne dispose pas d'appareil de ce type ? Vous êtes bien placé pour le savoir puisque vous êtes obligé de conduire votre femme à Lille pour qu'elle puisse suivre son traitement aux rayons !

— Vous êtes un as, Cadin ! On va vérifier tout ce bordel dans le détail ! Mais on n'a pas tué cette fille pour moins de treize millions ?

— Non, il reste des armoires entières à vider pour contrôler les mouvements de fonds de l'hôpital. Ça tourne sûrement sur des dizaines de millions...

Samy intervint.

— Je ne peux pas croire que Laurence se soit impliquée dans ce trafic... Et pourquoi l'auraient-ils tuée ?

— Retrouvons Courtini, il a beaucoup de choses à nous raconter. Je vous promets qu'il ne fera pas de manières pour cracher le morceau.

*

Courtini s'était retranché dans le grenier de sa résidence de Lambersart, celle-là même où Duyck avait reçu un coup de canon dans la figure avant de servir de dîner aux chiens de garde.

L'industriel grelottait de fièvre sous un monceau de couvertures ; la cuisse déchiquetée par l'une des balles de Cadin.

Rubecque avait donné carte blanche à l'inspecteur, et il se contenta d'écouter quand il s'adressa à Courtini.

— Tu es fini. Je suis prêt à te laisser crever dans ta pourriture.

Cadin désigna la plaie.

— ... C'est pas très joli en ce moment, mais ce sera encore pire quand la gangrène montrera les dents. Ensuite il faut encore beaucoup de temps pour y passer. Alors tu déballes ?

Courtini gémit en tournant un visage implorant vers Rubecque. Il comprit immédiatement que le commissaire n'aurait pas le moindre geste pour lui. Il se décida à parler.

— Arrêtez... J'ai déjà tout perdu. Ça ne servirait à rien de me torturer. Emmenez-moi à l'hôpital, je ne veux plus souffrir !

— Explique-moi toute l'histoire et je te promets de te déposer à l'hôpital de Lille, dans la partie réservée aux criminels. Tu es passé de l'autre côté de la barrière.

Courtini se mit à débiter son histoire, du plus vite qu'il pouvait, gagnant seconde par seconde sur la souffrance.

— Au tout début, c'était une combine tranquille. Puis, je ne sais pas pourquoi, la poisse. Il a fallu que tout se complique ! Il y a une quinzaine d'années que je travaille dans la blanchisserie industrielle, surtout avec les collectivités. Il est pas trop difficile de comprendre comment elles fonctionnent et de repérer leurs points faibles. Surtout les hôpitaux. Ils remuent une énorme masse d'argent et les Pouvoirs Publics ont limité les risques de dérapages en soumettant les gros achats, ceux dépassant quinze millions anciens, à l'approbation du Directeur et du Préfet. Pour les sommes inférieures, aucun problème, la signature de l'économe est suffisante. A l'époque j'étais très lié avec l'économe de l'hôpital de Douai ; il passait ses vacances chez moi, en Corse ; je lui rendais pas mal de services. Enfin, de fil en aiguille on a mis le système en pratique... Selon nos besoins, je fournissais des factures bidons pour des matériels ou des fournitures courantes. Je prenais soin de limiter les marchés à moins de quinze millions. Il s'arrangeait pour signer les bordereaux de livraison.

Ni vu ni connu. Jusqu'au jour où le Directeur a fait faire une enquête sur notre compte et qu'il l'a confiée à Duyck et Dernu. Il se posait des questions. C'est Dernu qui s'est chargé du boulot. Il a tout de suite flairé la bonne affaire. Au lieu de nous dénoncer il a tout simplement exigé sa part. Il était gourmand... On ne pouvait pas se permettre de trop « taxer » la même comptabilité sans risquer de tout foutre par terre... Il devenait urgent de trouver un second relais dans la région. La providence s'est manifestée sous les traits de Jean Maillard, un des grands du transport routier. Il a contacté l'agence sous le couvert d'une société créée pour l'occasion. Il voulait faire surveiller son fils qui se jetait sur toutes les seringues qui lui passaient sous les yeux ! Duyck a fait le travail de routine. Un soir, en fichant la trouille aux jeunes qui tenaient compagnie au jeune Maillard, il a relevé l'identité d'un certain Alain Cappel.

— Il savait que c'était le frère de Laurence ?

— On avait dressé la liste de tous les économes des hôpitaux de la région ; le nom nous a sonné aux oreilles. On a fait les vérifications d'usage... Après, on s'est contenté de suivre la dégringolade du gamin à la suite du départ en Suisse du fils Maillard. Sa sœur l'a placé dans un asile pour drogués mais elle ne pouvait pas suivre le rythme des dépenses. Je la connaissais bien, en tant que fournisseur, je m'occupais du linge depuis des années. Je l'ai aidée... Trois millions anciens, mais je les ai exigés quand le garçon est sorti de sa cure. J'ai joué le rôle d'un patron coincé par une échéance impérative... Elle était acculée. Il a fallu qu'elle en tire toutes les conclusions ! Nous l'avons tenue fermement lorsque Alain Cappel s'est remis à consommer de la drogue. Dernu s'est même arrangé pour lui refiler les premières doses, gratuitement, le lendemain de son retour... Tout était à refaire en septembre à cause de cette stupide overdose. Laurence a menacé de tout dévoiler, quitte à être inculpée. Duyck l'a un peu secouée et elle est repartie pour quelques mois. Nous n'avions plus confiance, la tranquillité s'était envolée. Il était impossible de savoir ce qui lui passerait par la tête... jusqu'au jour où une espèce d'illuminé s'est pointé dans le bureau de Duyck. Oui, c'était Guy Mallet. Il cherchait une fille qu'il avait connue en 1967, à Aubervilliers, Laurence Cappel. On a tout d'abord pensé à une provocation, puis il est devenu clair qu'il disait vrai ! Dernu a compris le parti que nous pouvions tirer ; il a organisé l'assassinat de Laurence dans ses moindres détails. Il l'a exécutée peu avant le rendez-vous fictif donné à Guy Mallet et il a fait appeler le commissariat par ma femme en étant assuré que Mallet se trouvait dans le pavillon...

— Vous avez bénéficié d'une chance extraordinaire avec ce Mallet ! Il s'en est fallu de peu que votre combine réussisse : un pauvre mec qui devient catatonique en découvrant le cadavre de son seul amour puis qui recouvre la parole pour s'accuser d'un crime qu'il n'a pas commis... Dommage que je sois arrivé un tout petit peu trop tôt ! Lorsque votre femme a appelé le commissariat, à neuf heures moins trois, il était prévu que nous n'arrivions qu'à neuf heures une, neuf heures deux, il faut bien cinq minutes pour aller du commissariat à la rue Sans-Nom... Vous avez dû minuter le parcours très précisément...

— Oui, Dernu s'en est chargé.

— Malheureusement, je me baladais avec la voiture radio, à deux pas du lieu du crime. L'agent de permanence, Lenert, m'a repassé l'information. J'étais sur place à neuf heures pile pour voir entrer Guy Mallet : je n'ai entendu qu'un seul coup de feu et l'idée de retrouver le second tireur ne m'a plus jamais quitté ! Pourtant, à l'écoute de la cassette j'ai sérieusement douté. Il fallait vraiment que Mallet n'ait plus que ce souvenir auquel se raccrocher pour donner un sens à sa vie avec la mort de Laurence ; j'y ai souvent pensé. Je crois que les quinze années qu'il a vécues, après leur rupture, étaient une sorte de long sursis. Il a commencé par se taire, il a fini par se tuer...

— Je m'en fous, inspecteur ! En tout cas, on ne pouvait pas choisir. Après son internement, nous avons cru que tout était redevenu normal. L'hôpital n'a pas fait de vérification de comptabilité, la police a repris son train-train habituel... Il a fallu qu'un an jour pour jour après la mort de Laurence Cappel vous veniez remuer la merde en posant des questions à Duyck. Il s'est affolé. Il était persuadé que vous étiez sur notre trace, qu'il serait arrêté dans les vingt-quatre heures. Dernu...

— Dernu a les épaules larges. C'est facile de l'accuser de tous les crimes !

— C'est la simple vérité, inspecteur.

— Le tribunal jugera. Vous en étiez à la panique de Duyck...

— Oui, Dernu n'ignorait pas que cette maison était piégée en mon absence. Il a sciemment envoyé Duyck à la mort en lui demandant de venir prendre des documents compromettants pour les mettre à l'abri. Vous connaissez le résultat. Tout semblait détraqué. Le pire c'est encore le coup de fil de Maillard à l'agence suite à votre passage... Dernu nous a forcés ma femme et moi, à vous tendre un piège en nous conseillant la rampe de V2... Ça ne pouvait pas réussir...

— Non, vous n'êtes pas assez bon tireur. Je dois vous apprendre les derniers développements. Votre femme a été tuée par Dernu sur la scène du théâtre d'Hazebrouck, devant un bon millier de témoins. Mais c'était moi la cible...

— Je vous jure que je la vengerai même si je dois attendre vingt ans qu'il sorte de prison !

— Ne vous fatiguez pas ! Dernu est mort lui aussi ; je n'ai pas pu faire autrement.

EPILOGUE

Samy lui fit cadeau de la cape du géant Pierlala. Cadin la rangea au fond de sa valise.

Au cours de la semaine qui suivit, le député, le maire, le préfet et tous ceux qui gravitaient autour de Jean Maillard firent savoir qu'ils ne s'opposaient pas au fait que l'inspecteur poursuive sa carrière dans une région plus ensoleillée. On déguisa sa mutation en promotion. L'inspecteur Cadin était nommé au troisième échelon de son grade et pouvait exercer ses talents en grande banlieue, à Courvilliers, une ville constituée de cités ouvrières groupées autour d'une gigantesque usine spécialisée dans le montage des boîtes de vitesse.

On espérait dormir en paix, le temps qu'il apprenne le turc et le portugais.

Cadin se promena une dernière fois sur la place principale d'Hazebrouck, le long de la Bourse blême, au milieu des manèges et des groupes d'enfants qui se préparaient à fêter Carnaval. Il croisait les éléments épars de dix fanfares différentes, tout un échantillonnage d'uniformes et de blasons.

Des masques grimaçants surgissaient aux coins des stands, portés à bout de bras par les élèves des lycées. Des hallebardiers fleur-de-lysés se bousculaient devant « La Friture des Flandres » tandis qu'on tentait de dégager le Char de Diane d'une ornière.

La sono de la fête surmonta le désordre : « Comme les années précédentes, les forains offrent chacun un tour gratuit aux enfants de chômeurs, sur présentation de la carte de pointage des parents. »

Le Conseil Municipal s'installait sur les gradins pour assister au défilé.

Cadin crut reconnaître cette fille... dont il ne voulait garder que le souvenir. Il se détourna du spectacle de la foule. Sa valise lui pesait.

Il s'arrêta devant l'étalage d'une librairie spécialisée dans les livres de seconde main. Il y avait de tout, S.A.S. et Kierkegaard mêlés. Il remarqua un livre qui donnait l'impression de n'avoir jamais été ouvert. Il lut le titre rouge sur le papier de couverture crème : « Blanche ou l'oubli. »

Le libraire passa la tête par la porte.

— Ça vous intéresse ? Il est en très bon état, et pas cher.

Cadin ouvrit le volume et jeta un coup d'œil rapide sur la première phrase :

Il ne suffit pas d'être belle pour qu'un homme s'attache à vous.

La musique lui plut. Il tendit vingt francs au libraire et quitta Hazebrouck en se promettant de ne plus jamais y revenir.

Aubervilliers
avril-mai 83.

DU MÊME AUTEUR

Aux Éditions Gallimard

Dans la Série Noire

MEURTRES POUR MÉMOIRE. Grand prix de la Littérature policière 1984 — Prix Paul Vaillant Couturier 1984 (Folio policier n° 15)

LE GÉANT INACHEVÉ (Folio n° 2503) Prix 813 du Roman noir 1983

LE DER DES DERS (Folio policier n° 59)

MÉTROPOLICE (Folio n° 2971)

LE BOURREAU ET SON DOUBLE (Folio policier n° 42)

LUMIÈRE NOIRE (Folio policier n° 65)

LA MORT N'OUBLIE PERSONNE (Folio policier n° 60)

Dans Page Blanche

À LOUER SANS COMMISSION

Aux Éditions Denoël

LA MORT N'OUBLIE PERSONNE

LE FACTEUR FATAL (Folio n° 2396) Prix populiste 1992

ZAPPING (Folio n° 2558) Prix Louis Guilloux 1993

EN MARGE (Folio n° 2765)

UN CHÂTEAU EN BOHÊME (Folio n° 2865)

MORT AU PREMIER TOUR (Folio policier n° 34)

PASSAGES D'ENFER

Aux Éditions Manya

PLAY-BACK (Folio n° 2635) Prix Mystère de la Critique 1986

Aux Éditions Verdier

AUTRES LIEUX
MAIN COURANTE
LES FIGURANTS
LE GOÛT DE LA VÉRITÉ

Aux Éditions Julliard

HORS LIMITES

Aux Éditions Baleine

NAZIS DANS LE MÉTRO

Aux Éditions Hoebecke

À NOUS LA VIE ! Photos de Willy Ronis

Aux Éditions Parole d'Aube

ÉCRIRE EN CONTRE (entretiens)

PARUTIONS FOLIO POLICIER

1.	Maurice G. Dantec	*La sirène rouge*
2.	Thierry Jonquet	*Les orpailleurs*
3.	Tonino Benacquista	*La maldonne des sleepings*
4.	Jean-Patrick Manchette	*La position du tireur couché*
5.	Jean-Bernard Pouy	*RN 86*
6.	Alix de Saint-André	*L'ange et le réservoir de liquide à freins*
7.	Stephen Humphrey Bogart	*Play it again*
8.	William Coughlin	*Vices de forme*
9.	Björn Larsson	*Le Cercle celtique*
10.	John Sandford	*Froid dans le dos*
11.	Marc Behm	*Mortelle randonnée*
12.	Tonino Benacquista	*La commedia des ratés*
13.	Raymond Chandler	*Le grand sommeil*
14.	Jerome Charyn	*Marilyn la Dingue*
15.	Didier Daeninckx	*Meurtres pour mémoire*
16.	David Goodis	*La pêche aux avaros*
17.	Dashiell Hammett	*La clé de verre*
18.	Tony Hillerman	*Le peuple de l'ombre*
19.	Chester Himes	*Imbroglio negro*
20.	Sébastien Japrisot	*L'été meurtrier*
21.	Sébastien Japrisot	*Le passager de la pluie*
22.	Pierre Magnan	*Le commissaire dans la truffière*
23.	Jean-Patrick Manchette	*Le petit bleu de la côte Ouest*
24.	Horace McCoy	*Un linceul n'a pas de poches*
25.	Jean-Bernard Pouy	*L'homme à l'oreille croquée*
26.	Jim Thompson	*1275 âmes*
27.	Don Tracy	*La bête qui sommeille*

28. Jean Vautrin — *Billy-ze-Kick*
29. Donald E. Westlake — *L'assassin de papa*
30. Charles Williams — *Vivement dimanche !*
31. Stephen Dobyns — *Un chien dans la soupe*
32. Donald Goines — *Ne mourez jamais seul*
33. Frédéric H. Fajardie — *Sous le regard des élégantes*
34. Didier Daeninckx — *Mort au premier tour*
35. Raymond Chandler — *Fais pas ta rosière !*
36. Harry Crews — *Body*
37. David Goodis — *Sans espoir de retour*
38. Dashlell Hammett — *La moisson rouge*
39. Chester Himes — *Ne nous énervons pas !*
40. William Irish — *L'heure blafarde*
41. Boileau-Narcejac — *Maléfices*
42. Didier Daeninckx — *Le bourreau et son double*
43. Sébastien Japrisot — *La dame dans l'auto avec des lunettes et un fusil*
44. Jean-Patrick Manchette — *Fatale*
45. Georges Simenon — *Le locataire*
46. Georges Simenon — *Les demoiselles de Concarneau*
47. Jean Amila — *Noces de soufre*
48. Walter Kempley — *L'ordinateur des pompes funèbres*
49. Tonino Benacquista — *Trois carrés rouges sur fond noir*
50. Dashiell Hammett — *Le faucon de Malte*
51. Hervé Jaouen — *Connemara Queen*
52. Thierry Jonquet — *Mygale*
53. Auguste Le Breton — *Du rififi chez les hommes*
54. Georges Simenon — *Le suspect*
55. Emmanuel Errer — *Descente en torche*
56. Francisco Gonzàles Ledesma — *La dame de Cachemire*
57. Raymond Chandler — *Charades pour écroulés*
58. Robin Cook — *Le soleil qui s'éteint*
59. Didier Daeninckx — *Le der des ders*
60. Didier Daeninckx — *La mort n'oublie personne*
61. Georges Simenon — *L'assassin*

62.	Howard Fast (E.V. Cunningham)	*Tu peux crever !*
63.	Maurice G. Dantec	*Les racines du mal*
64.	René Barjavel	*La peau de César*
65.	Didier Daeninckx	*Lumière noire*

Impression Bussière Camedan Imprimeries
à Saint-Amand (Cher),
le 3 mai 1999.
Dépôt légal : mai 1999.
Numéro d'imprimeur : 992016/1.
ISBN 2-07-040814-0./Imprimé en France.

89492